TESE SOBRE UMA DOMESTICAÇÃO

CAMILA SOSA VILLADA

Tese sobre uma domesticação

Tradução
Silvia Massimini Felix

Copyright © 2023 by Camila Sosa Villada

Grafia atualizada segundo o Acordo Ortográfico da Língua Portuguesa de 1990, que entrou em vigor no Brasil em 2009.

Título original
Tesis sobre una domesticación

Capa
Elaine Ramos e Julia Paccola

Imagem de capa
Anomalia #2 (da série Formas Contrassexuais), de Élle de Bernardini, 2023. Acrílica, feltro e prego sobre tela, 60 × 50 cm.

Preparação
Vadão Tagliavini

Revisão
Jane Pessoa
Clara Diament

Dados Internacionais de Catalogação na Publicação (CIP)
(Câmara Brasileira do Livro, SP, Brasil)

Sosa Villada, Camila
  Tese sobre uma domesticação / Camila Sosa Villada ; tradução Silvia Massimini Felix. — 1ª ed. — São Paulo : Companhia das Letras, 2024.

  Título original: Tesis sobre una domesticación.
  ISBN 978-85-359-3718-3

  1. Ficção argentina 2. LGBTQIAPN+ – Siglas I. Título.

24-197705   CDD-Ar863

Índice para catálogo sistemático:
1. Ficção : Literatura argentina   Ar863

Cibele Maria Dias – Bibliotecária – CRB-8/9427

Todos os direitos desta edição reservados à
EDITORA SCHWARCZ S.A.
Rua Bandeira Paulista, 702, cj. 32
04532-002 — São Paulo — SP
Telefone: (11) 3707-3500
www.companhiadasletras.com.br
www.blogdacompanhia.com.br
facebook.com/companhiadasletras
instagram.com/companhiadasletras
twitter.com/cialetras

Uma atriz não se investiga. Uma atriz se inventa. Uma atriz é sonho.

María Félix

O autor propõe à atriz que abandone a ironia, a amargura e a expressão direta do subtexto de mulher destroçada. Trata-se, simplesmente, de uma mulher muito apaixonada, com poucos recursos intelectuais, que luta até o fim para arrancar do homem uma confissão sincera e para que, pelo menos, a memória cristalina do amor anterior se salve. A imagem contínua que o autor gostaria de transmitir ao público é a de um animal ferido que sangra e que, no fim, realmente inunda todo o espaço cênico de sangue verdadeiro.

Jean Cocteau, A *voz humana*

Era uma vez uma atriz

Uma atriz.
Sozinha num palco.
Nos camarotes, na plateia, nas galerias, o público que assiste a ela.
Nenhuma poltrona vazia.
Vemos pessoas de classe média que têm condições de pagar um ingresso para ir ao teatro. O perfume das mulheres é sufocante, o cheiro de laquê emana dos penteados duros como capacetes. Os homens se aferram aos braços dos assentos, desconfortáveis e ansiosos por escapar, como se estivessem ali contra sua vontade. Alguém faz farfalhar o invólucro de um bombom que engole sem mastigar. Os mais jovens permanecem atentos, relaxados, pessoas que vão de roupa esporte ao teatro, um pouco distantes do costume das velhas empetecadas como nos tempos de esplendor da ópera.
A tensão atravessa o ar.
O cenário imita um aposento que, se estivesse limpo, pareceria um quarto elegante; recende a patchuli e cremes femininos, uma construção que lembra um apartamento dos anos 40. Mas

assim, todo bagunçado, dá a impressão de uma espelunca sem classe, uma pocilga suja e bagunçada. Tudo está revirado, de cabeça para baixo, como se uma bomba tivesse explodido ou uma cadela alucinada tivesse destruído o quarto na ausência da sua dona. Ao fundo, uma porta estrategicamente aberta revela um banheiro com azulejos vermelhos e um espelho redondo. As cortinas bordô contrastam com o edredom preto e branco que cobre a cama no centro do espaço. A atriz se debate, se contorce, rasteja e, do chão, trepa na grade onde as luzes estão instaladas. Parece possuída. Representa uma mulher fora de si, prestes a enlouquecer, ou já louca, que fala ao telefone com um homem, desesperada, entre soluços, sufocando-se com a própria respiração. Trata-se de A *voz humana*, de Jean Cocteau. Grandes atrizes da história algum dia já representaram essa obra. Até Humberto Tortonese fez sua montagem na Argentina anos atrás. Até Anna Magnani e Ingrid Bergman interpretaram o papel para a câmera de Rossellini. Tilda Swinton estrelou um curta-metragem de Pedro Almodóvar inspirado em A *voz humana*. E também Carmen Maura, em A *lei do desejo*, representou alguns fragmentos da obra e destruiu o cenário com um machado.

    Nossa atriz, agora sozinha, não ia ficar atrás. Queria fazer um monólogo como esse. Um pequeno agrado para si mesma, uma questão de prestígio, protagonizar A *voz humana* de Cocteau àquela altura da carreira. Era o tipo de atriz que prestava atenção em detalhes como estes: qual texto escolher, sob a batuta de qual diretor, ao lado de quem e por quê. Era o luxo proporcionado pelo sucesso. Contudo, para dizer a verdade, quando ainda estava no anonimato, agia da mesma forma; a diferença é que tinha menos dinheiro. Sempre fez o que quis. Por isso protagoniza uma peça escrita por Jean Cocteau quando há milhares de dramaturgos que *morreriam* para escrever algo para ela. Mas a atriz raramente pensa nos seus caprichos. Ela os satisfaz. Só precisa desse nome ao lado do dela no toldo iluminado da entrada. Protagonizada por tal e escrita por tal. E mais nada.

A primeira resposta dos produtores foi *não*. Eles tinham ganhado rios de dinheiro com essa atriz à frente da companhia, e mesmo assim disseram *não*. Seu agente foi menos taxativo, mas avisou: "O público não vai se empolgar, é o perigo de uma obra como essa". A palavra "démodé" foi repetida nas conversas para convencê-la a renunciar ao pequeno capricho de representar *A voz humana*. Eles argumentavam que os direitos eram muito caros, que em tempos de feminismo heroínas desse tipo não tinham mais sentido, que a crítica iria destruí-la chamando-a de ultrapassada.

— É uma velha louca que passa a peça toda angustiada. O que as feministas vão dizer?

— As pessoas não se interessam mais por melodramas.

— Pelos do Puig sim. Ele é amado pelos argentinos. Por que não uma peça do Puig? Por que não alguma coisa menos francesa, menos rebuscada?

Propuseram-lhe mil alternativas. As refutações foram intermináveis.

Mas eles não conseguiram convencê-la a voltar atrás.

Procurou o dono de um teatro com capacidade para oitocentas pessoas no centro da cidade e o fez reservar um ano inteiro para as apresentações. Convocou uma cenógrafa bem cotada no mercado, acertou com uma figurinista que havia passado os últimos anos trabalhando na Broadway e renunciou a dois projetos cinematográficos dos quais seria protagonista. Contratos invejáveis. Depois, numa jogada magistral, convidou um diretor de grandes sucessos de crítica e bilheteria da América Latina que tinha trabalhado com excelentes atrizes. Um diretor que lhe garantia uma temporada de três ou quatro meses de casa cheia, pelo menos. Um cara bonito, que estava envelhecendo do melhor jeito possível, que deixava todas as mulheres loucas. Ela o seduziu, envolveu-o no seu perfume e na sua maldade, e acabou convencendo-o a dirigi-la enquanto transava com ele no banheiro de um avião que ia do Panamá a Guadalajara. Tudo isso sem que seus produtores e seu agente soubessem.

Foi até as últimas consequências e decidiu investir sua modesta fortuna no empreendimento, seu pé-de-meia. Poderia perder as economias de muitos anos de autoexploração, mas não se importava. Se gostassem ou não, se ela fracassasse ou não, era o de menos. O sublime era ter tempo para estrelar *A voz humana* de Jean Cocteau sendo ainda relativamente jovem, mas madura cenicamente. O sublime não era representar o papel para pagar o aluguel ou a escola do filho, mas porque ela desejava.

Ia representar a peça com seus produtores ou sem eles.

E a representou com seus produtores e apesar deles.

Agora está aqui pelo segundo ano consecutivo, cada vez mais rica, encantando o público com um amplo registro de voz, uma resistência de atleta, lágrimas de verdade feitas de tristeza, um corpo elegante como o de um galgo e uma disposição total de acreditar que Jean Cocteau escreveu essa obra para ela.

Na trama, a protagonista fala ao telefone com um homem de quem se separou recentemente e que representa sua única felicidade. É uma mulher comum, sem nenhum brilho, apenas uma mentirosa desesperada agitando as mãos enquanto se afoga. Além do mais, uma mulher comum e mentirosa à espera de um telefonema. Dorothy Parker beberia um bourbon à sua saúde. A conversa é interrompida tantas vezes por aquela velha tecnologia — a dos telefones de discagem e das operadoras — que ela fica louca. É preciso ser de pedra, é preciso ter sangue de barata para não enlouquecer numa situação como esta, o fim de um amor.

E então ela vai discar de novo e implorar à operadora que interceda por ela.

Na plateia, alguns rostos — os que a veem pela primeira vez, não os assíduos — parecem dizer: não vale tanto, não é tão boa assim, não sei por que paguei esse ingresso tão caro. Outros, mais indulgentes, parecem estar vendo o Messias. Alheia a tudo, ela atua com fúria. Tenta extrair uma confissão do seu ex, uma confirmação, *enredá-lo com astúcia para que diga a verdade*.

Um celular toca na plateia. A interrupção paralisa o fluxo sanguíneo da atriz. Ela congela.

— Como é possível? Pediram expressamente que os telefones fossem desligados! — ouve-se nitidamente dos assentos, muito mais nítido do que o celular que já foi silenciado.

Mas a atriz não deve se importar com isso. Isso é ser profissional. Não ligar que um filho da puta tenha deixado o celular ligado e interrompido um monólogo de Jean Cocteau. Fingir que esses barulhos não deprimem. Não dão vontade de morrer por causa do desprezo por determinadas cerimônias.

Ela acha que uma parte do público não vale tanto, não é tão bom, não sabe por que atua para eles.

Pelo dinheiro, responde a si mesma, no seu monólogo paralelo.

A peça está terminando. A atriz está completamente nua. Já tirou o roupão, as polainas, jogou para longe a camisola de seda com manchas de café, arrancou as meias finas, o adeus é iminente. Ao se despedir do homem, que já confirmara a separação, ela perde o controle e começa a quebrar os vasos que a rodeiam. Lembrem-se de Tilda Swinton ateando fogo num set de filmagem. Lembrem-se de Carmen Maura dando machadadas no cenário.

Em seguida, ela se joga na cama e se flagela. Irriga o palco com seu sangue, como solicitado por Cocteau no prólogo da obra.

Alguns na plateia reclamam dessa exuberância, dessa nudez em meio à loucura.

E o monólogo termina.

O público começa a aplaudir. Muitos ficam de pé, outros se animam e gritam, também se ouvem assobios. Uma assistente de cena, nos bastidores, entrega à atriz um robe de seda rosa-chá. Ela se cobre e volta ao palco para os aplausos finais. O teatro soa como se estivesse dando à luz; as ovações são tudo o que qualquer atriz necessita do seu público. O peito sobe e desce, mas ela é surda à lisonja. Apenas absorve essa energia para depois se recuperar. Inclina-se solenemente, uma reverência espantosa mas honesta. A cortina se fecha e ela desce para os camarins, tateando no escuro para não morrer naquela armadilha para atrizes que são os bastidores do teatro. Os aplausos a perseguem. As escadas são estreitas, e todo o luxo que pode ser visto no hall, nas cortinas, nas poltronas e nos camarotes aqui é devorado pela escuridão e pela umidade.

Está no subsolo.

Seu camarim é o último do corredor, já bem no fundo. Embora os primeiros estejam desocupados, deram-lhe aquele, o mais frio e distante. *Para sua privacidade, para que você possa fazer o que quiser. Não se escuta nada do que acontece lá dentro.* É o mais amplo, quase como um estúdio, mas não tem calefação e as paredes estão rachadas. Às vezes, quando tira um cochilo antes das apresentações, a atriz acorda assustada, com a certeza de que, pelas frestas, olhos vorazes e avermelhados a espiam. A porta não fecha, e é preciso trancá-la com chave ou travá-la com um bastão de madeira para ter a privacidade que lhe foi prometida. O banheiro não tem bidê nem água quente. Uma verdadeira tragédia. No inverno e no verão, é frio como uma caverna. Toda vez que cruza a porta, a atriz insulta, xinga os donos do teatro e seus produtores por terem dado a ela um camarim onde nada funciona. Sem falar no mau cheiro que sai do ralo do banheiro. Sua assistente tem que acender incenso de alecrim a cada hora para afugentá-lo, como se fosse uma energia ruim. Deram-lhe aquela tumba para castigá-la, pensa, por ter sido do contra e encenar uma obra que não prometia dar muito lucro. No entanto, lá está, uma sala cheia já por dois anos. Os homens costumam fazer isto, castigar os sucessos de uma atriz.

Entra no camarim.

Agitada, tira o robe que mal a cobre. Seus cabelos grudados na nuca e nas costas como uma hera escura. Diante do espelho, pensa que depois dessa peça talvez já não volte a se despir em cena, que seu corpo já não é mais o mesmo, que não suporta as luzes como alguns anos atrás. Sente falta loucamente do seu corpo dos vinte anos, aquele que resistia à nudez, não importava quão forte fosse a luz. Aquele com a pele lisa. Aquele que ficava nu num palco e parecia ser feito de um mineral, e não de couro velho, como se vê agora. O corpo que podia passar frio sem ficar doente. Aquele que não lhe devolvia a evidência de que a carne apodrece, como apodrecem todas as coisas vivas desta terra.

Ela se olha no espelho e percebe um machucado na altura do quadril.

— Vai ficar roxo — reclama em voz alta enquanto esfrega o corpo com força.

Está arrepiada. Seu pênis pende, minúsculo, entre as pernas, encolhido pelo frio, como seus mamilos. Ela sorri ao ver seu pinto tão pequeno e retraído e se espanta com o tamanho dos seus mamilos. Parecem pintas, duas moscas grudadas no peito.

A assistente bate à porta:

— Você está bem?

Rapidamente, ela põe uma calcinha e um vestido esportivo.

— Morta de frio. Se você encontrar meus mamilos, me avise.

— Como? Não entendi.

— Nada.

— Hoje a peça estava cheia de duendes, né?

A atriz não responde. A *peça estava cheia de duendes*, as coisas que se ouvem nos camarins! Ela se irrita com a cafonice das pessoas que levam o teatro tão a sério. As crenças, os aquecimentos ridículos, os abraços, as superstições, os rituais e as solenidades que envolvem o mundinho teatral. Não varrer o palco, não falar o nome Macbeth, não mencionar ex-presidentes, não usar amarelo. Quando rememora sua carreira, parabeniza-se por ter feito tudo o que trazia azar, para horror dos seus colegas. Nenhuma violação ao Tao teatral a derrubou. Ela é milionária, e carrega o mistério da sua felicidade sem saber muito bem o que fazer com isso.

De uma pequena geladeira, a assistente tira uma garrafa de gim artesanal, outra de água tônica, gelo, e prepara um gim-tônica com rodelas de limão. Também serve água com gás e dá um beijo na testa da travesti, que se recompõe depois de ter interpretado uma louca. Feito isso, deixa-a sozinha. A atriz escuta os passos se afastando. Desenrola um tapete e sobre ele estica um pouco as costas, as pernas, para não dormir contraída pelo esforço durante a atuação. Geme de dor. Soam como os gemidos que são feitos quando se trepa, mas estes são de dor.

Batem à porta de novo.

— Sou eu.

— Entre.

É o diretor. Vem direto para cima dela. Praticamente pula como um leopardo sobre um antílope e se detém a dois passos de distância. Ele não vai comê-la, ainda.

— Você machucou o quadril. Está doendo?

— Sim. — A atriz se levanta. — Nem me dei conta, acredita? Acabei de perceber.

— Deixe eu ver.

Ela fica de pé e ergue o vestido. Mostra o hematoma. Ele se aproxima para ver bem.

— Coitadinha! — diz, e roça o machucado com a ponta dos dedos, para não doer.

Ela solta um guincho, como um porco, algo muito íntimo e só para ele, das profundezas do seu corpo.

— Dói muito? — pergunta o diretor, que se agacha e sopra onde está o machucado. Muito perto das nádegas.

— Sim.

O diretor passa a língua sobre o machucado.

— Dói menos assim?

— Sim — ela resmunga como uma criança.

Ele volta a lamber o machucado, do qual brotam gotículas de sangue, e depois uma nádega e então a outra, molhando a pele da atriz, lentamente, como se apagasse algo com a língua. A atriz movimenta o corpo até aproximar a bunda da boca do seu diretor, que põe a calcinha de lado e começa a fuçar suavemente no centro, como se estivesse beijando-a na boca. Ela se reclina no tampo de resina laranja em frente ao espelho, afasta a maquiagem, os cremes Lancôme e La Prairie, e apoia os peitos num livro que lê quando lhe sobra tempo. Fica completamente aberta para ele.

Enquanto a lambe, o diretor interrompe para murmurar:

— Coitadinha, se machucou... Coitadinha, meu amor...

Ela abaixa a calcinha até os tornozelos e o observa no reflexo, seus gestos certeiros e os trajetos precisos que ele faz com as carícias e as lambidas. O diretor se levanta, desafivela o cinto, abre desajeitadamente a braguilha, tira um preservativo do bolso e com os dentes rasga o envelope, enquanto se movimenta e faz suas calças e a cueca boxer caírem sozinhas. Antes de pôr o preservativo, ele a toca. Umedece os dedos com saliva e os enfia um pouco dentro dela, que não está suficientemente lubrificada.

Ele cospe com suavidade no seu cu e consegue masturbá-la com dois dedos, depois três. Ela suporta isso porque sabe que ele está procurando uma maneira de satisfazê-la, mesmo que se equivoque. Ele tenta penetrá-la sem camisinha, consegue meter quase a metade, mas ela o rejeita com um movimento. Ele põe o preservativo, lambuza o pau com um pouco de creme facial que ela lhe oferece e a penetra outra vez, apertando seus peitos, bem devagar, olhando para os dois no reflexo do espelho.

Como seu diretor a deixa louca! Tem pernas lindas, ou assim pensa a atriz. Ele faz amor com ela depois de certas apresentações, quando realmente gosta de como ela atuou. Ele a recompensa fodendo-a devagar, com alguns ofegos que reprime cerrando os lábios, com todo o corpo em alerta caso escutem passos se aproximando. No teatro, ninguém ignora o que fazem, nem o que já fizeram no palco, nas poltronas, no corredor. Todo mundo sabe que eles são amantes, e houve até rumores em revistas e programas de televisão.

Ele tira a camiseta e revela um torso maciço, completamente coberto de pelos. A atriz abre as nádegas com as mãos.

Eles ficam assim durante um longo tempo. Fora e dentro, fora e dentro. *Coitadinha, coitadinha, está sangrando, coitadinha.*

O diretor ejacula aos berros. No fim das contas, o camarim mais fora de mão do mundo tem alguma utilidade. Enquanto ela o sente pulsando dentro de si, solta umas gargalhadas maquiavélicas, como se tivesse obtido tudo aquilo da maneira mais ardilosa, um plano malicioso. Ela o tira de dentro de si, se vira e se esparrama na cadeira. Com as mãos cobrindo o rosto, lamenta:

— Minha atuação foi péssima.

— Você atuou muito bem, foi muito precisa, teve tempo pra tudo — ele responde e lhe dá um beijo rápido na boca. Vai ao banheiro, tira o preservativo, embrulha-o em papel higiênico e o joga numa lata de lixo.

— Tem muita gente lá fora que quer te cumprimentar.

Quando ele volta, ela está se limpando com lencinhos de papel.

— Ah, não! Quero ir pra casa. Estão fazendo massa caseira só pra mim. Amanhã vamos pra casa dos meus velhos e eu quero descansar.

O diretor se entristece ao ouvi-la e não se preocupa em disfarçar. Dirige-se para a porta.

— Te vejo na semana que vem. Vai dar tudo certo.

— Obrigada.

Quando sai, o diretor parece encolhido de tristeza.

A atriz vai ao banheiro e, com uma jarrinha, pega água da pia e se lava sentada no vaso sanitário. Não seria sexo se não implicasse essas humilhações. Ele a ama? Às vezes ela acha que sim. Por isso o machuca e menciona a historinha da massa caseira. No espaço tácito que deixou quando disse *massa caseira só pra mim*, sem dizer quem é o cozinheiro, o diretor imediatamente instala o marido da atriz. O diretor morre de ciúme quando pensa no marido da atriz, e ela se diverte ao vê-lo perder a confiança em si mesmo. Foi bem clara com o diretor, ele não tem por que se ofender. Não lhe prometeu nada, não lhe deu esperanças. Mas toda noite atua para ele, para agradá-lo. Se veste para ele, se maquia para ele. É seu jeito de comê-lo, mesmo que ele não aproveite da mesma forma que ela.

Ela termina de se vestir, calça sandálias romanas de couro de cabra que destoam do seu vestido Stella McCartney, pega alguns presentes que seus fãs enviaram para o camarim e, antes de apagar a luz, dá uma última olhada no espelho, sem acreditar na rapidez com que os anos passam e o quanto um corpo se deteriora.

Sai. Sua assistente a espera do lado de fora. É uma travesti da mesma idade que ela, de um metro e noventa e mãos gigantes. A administradora do teatro diz que sua assistente é uma menina amorosa, que os outros funcionários do local estão felizes por tê-la trabalhando ali. A atriz brinca quando responde que sua assistente trabalha para ela, não para o teatro, mas as pessoas sempre transformam seu sorriso numa careta.

Seu humor não é bem recebido pela maioria das pessoas.

A assistente fecha a porta e a acompanha até a saída. Ao girar a chave, uma parte da atriz fica presa no camarim.

No hall do teatro, ela encara o público que a esperou para cumprimentá-la enquanto ela trepava de pé com seu diretor. Um monte de pássaros esperando por migalhas de pão. Antes de ir jantar a massa caseira que seu maridinho cozinhou, ela precisa passar pelos fãs. Sua assistente põe o corpo na frente, age quase como um guarda-costas.

A atriz diz *oi* e *obrigada* muito superficialmente, muito sem vontade, como por compromisso, com um sorriso muito breve e cansado. Sorri sem disfarçar o desprazer que lhe causa estar rodeada por pessoas que a pegam pelo braço, lhe dão beijos de supetão e oferecem teorias que elaboraram sobre ela, sobre a personagem e a obra. A imagem de Gena Rowlands em *Noite de estreia* se insinua nos seus pensamentos. O momento em que Gena sai do ensaio e uma jovenzinha desesperada corre atrás do seu carro e acaba atropelada e morta sob a chuva no meio da rua. Essa imagem sempre a assalta quando ela se depara com aqueles admiradores, que são capazes de esperar por horas para ver quem ela é quando não está atuando.

Ela se desvencilha balbuciando desculpas e vasculha a rua em busca do carro que a espera a poucos metros de distância. Sua assistente está atrás dela. Os fãs, ainda na porta do teatro, observam-na partir sem lhes ter dado mais que algumas migalhas de simpatia.

Um sujeito solitário, que aparentemente estava entre as pessoas, ignora os sinais da sua timidez e vai mais longe. Segue-a.

— Eu te levo. Meu carro está estacionado a um quarteirão daqui.

A assistente fica para atrás, recebendo alguns presentes para a atriz.

A cidade está com todas as luzes acesas. A beleza de uma cidade à noite na zona dos teatros.

— Vamos, deixa eu te acompanhar. Estou me oferecendo pra te levar num Audi, é uma nave espacial. É como voar na *Nostromo*.

— Não, obrigada.

— Não precisa ficar com medo. Você está segurando muita coisa, deixa eu te ajudar com isso — diz o admirador, que tenta tirar dos seus braços algumas das coisas que ela carrega. A atriz recua. A assistente está alguns passos atrás, distraída com o celular.

— Não, tem um carro ali me esperando.

— Não tenha medo de mim, eu sou do interior, como você, sou um cara do bem, juro.

Ela chega ao carro e entra rápido, sem deixar de olhar para ele. A assistente lhe dá, pela janela, outro buquê de flores e algumas cartas, e então educadamente pede ao assediador para deixá-la em paz, que está cansada. Elas não se despedem, mas ambas se jogam beijos pelo ar. A assistente acaba confrontando o homem, porque ele quer abrir a porta do carro. Grita que o deixem em paz, que ele não está fazendo nada de errado. A assistente também grita com ele e dobra de tamanho durante a discussão. O sujeito parece uma criança birrenta. Não vai desistir. A atriz não oferece à assistente para levá-la ou que entre no carro com ela. Não. Ela a deixa lá, brigando com um louco.

Ela tem certa fama de arrogante. De azeda. De petulante. É por isso que algumas pessoas deixaram de ser fiéis a ela. Por ser muito antipática. Por não dar autógrafos, por não agradecer a cada momento. Mas ela disse *obrigada obrigada obrigada muito obrigada* por muitos anos da sua vida. Durante muitos anos, ela deu entrevistas a todos os bons, medíocres ou maus jornalistas que lhe telefonavam e pediam para entrevistá-la, deu autógrafos e tirou fotos com seus admiradores, independentemente de sua aparência ou em que circunstâncias se encontrava. Suada, bêbada, drogada, despenteada, exausta, ruim, com a maquiagem derretendo, não importava, dizia *sim* e esperava sorridente pelo flash com que seus seguidores a fuzilavam. Durante muito tempo trabalhou pela alardeada fidelidade do público. Depois se cansou e não agradeceu mais. Não deu mais entrevistas. Foi quando ela começou a ganhar rios de dinheiro como atriz.

Às vezes, temia que as pessoas não fossem mais vê-la, que nunca mais comprassem um ingresso. Ela não sabia fazer muitas outras coisas para viver. Mal tinha terminado o ensino médio. Antes de se tornar atriz, havia sido prostituta de luxo numa agência virtual que oferecia o melhor catálogo de acompanhantes travestis do país. Precisa dizer mais? Não. Às vezes, as vidas passadas simplesmente ficam enterradas sob a felicidade e ninguém sente culpa por isso. O importante é dizer que não sabia ganhar dinheiro de outra forma que não fosse com o corpo.

Depois de muitos seminários de atuação, de oficinas e grupos experimentais, começou a participar de algumas peças de teatro do circuito alternativo, até que surgiu a oportunidade de estrelar *Na solidão dos campos de algodão*, de Bernard-Marie Koltès, para o Teatro Cervantes, em Buenos Aires, onde atuava como homem. Essa ousadia, além da estranheza que ela causava no palco, tinha sido seu passaporte para a fama. Assim como passara grande parte da sua juventude como uma prostituta alegre e frívola, também se tornou uma atriz cultuada. Costumava dizer que a prostituição e a atuação compartilhavam os mesmos truques.

Mesmo que a odiassem, as pessoas sempre acabavam voltando, nem que fosse uma desculpa para confirmar que ela não valia tanto, que não se saía tão bem, que existiam atrizes melhores. E também havia pessoas que a esperavam para lhe agradecer com afeto. Mas ela não sabia receber o carinho que lhe davam.

O homem que briga com a assistente dela no meio dos automóveis e das buzinadas consegue se esquivar de um tapa e corre até o carro onde ela está e que acabou de parar na esquina no sinal vermelho, ele implora para que ela lhe dê um autógrafo. Ela sobe o vidro da janela. Ele bate na porta e ela balança a cabeça com desdém. O homem cospe no vidro e a atriz olha para ele sem mexer um único músculo do rosto.

— Filha da puta de merda. Alpinista do caralho. Que porra você acha que é? Se eu posso até te pagar pra chupar meu pau.

O semáforo abre e a atriz respira fundo.

— É um louco. Deu vontade de sair e encher o cara de porrada — diz o motorista, que acelera o carro e a olha pelo retrovisor.

— Por mim, que seja atropelado por um trem, sinceramente. Não vou me importar nem um pouco se um carro passar por cima dele agora mesmo.

O motorista não lhe dirige mais a palavra.

É o momento em que ela deixa de ser a louca de Cocteau, a tirana possessiva e mitomaníaca de Cocteau, para se tornar essa travesti simplória e fóbica que está a caminho de casa. O melhor lugar do mundo.

Prelúdio

— Vá pela General Paz — pede ao motorista —, quero ir por onde tem trânsito e gente.

Não suporta as ruazinhas escuras e despovoadas por onde se evita o tráfego.

Chega a sua casa em Nueva Córdoba, na avenida Hipólito Irigoyen, muito perto do centro da cidade e a pouca distância do teatro. Os ipês-roxos estão perdendo as últimas flores, e isso reveste sua rua de tristeza. É uma das coisas de que ela mais gosta da sua casa, a fileira de ipês-roxos desde o início da avenida até a plaza España, e de como ela está perto do que mais precisa, dos cinemas, do trabalho, das farmácias de plantão, dos mercados abertos de madrugada em caso de necessidade. A outra coisa é o marido que a espera. Com certeza está cozinhando, talvez a massa que ele prometeu já esteja pronta. E a outra coisa é seu filho. Um menino brilhante e muito querido. Depois, as plantas. Seu estúdio, os livros, as lembranças de viagem que traz consigo e que deixa juntando pó nas prateleiras das estantes.

Abre a porta passando seu relógio num leitor de QR-code.

O piso do hall do edifício é de mármore rosa e as paredes são cobertas de cima a baixo com espelhos enormes, de uns três metros de altura. Nos espelhos dispostos à esquerda do hall há um desenho feito com batom. Em muitas cores. A atriz, assim que vê o desenho, sabe que são seus batons. Em outra ocasião, seu filho teve um arrebatamento de inspiração vandálica e desenhou nos espelhos. Como no apartamento tudo já está desenhado, como é impossível encontrar um lugar para desenhar naquela casa, ele o faz no vestíbulo, no terraço, nas paredes do hall, embora isso lhe custe semanas sem internet. Onde há espaço, ele pinta, mancha, grafita. E se algum vizinho o desafia, ele responde que é um direito dele, que sua mãe lhe disse que é um direito das crianças se expressarem, e que isso não faz mal a ninguém.

Os vizinhos se queixam, escrevem bilhetes, pedem reuniões de condomínio, multam-na.

Dessa vez, o desenho é uma mulher dormindo, completamente nua, recostada em almofadas. Tem profundidade e sombreamento, o tamanho é real.

Não pode ser mais gay, pensa a atriz, e depois também pensa nos escândalos que os vizinhos vão fazer por causa daquele desenho obsceno. Há menos de uma semana, uma das vizinhas mais antigas do edifício armou o barraco do século porque o filho da atriz tinha desenhado com giz colorido no santíssimo mármore rosa trazido da Itália.

— Não quero me meter na criação do seu filho, mas pago o condomínio, jamais me atraso, sou uma boa vizinha. Não tenho por que ver esses desenhos na entrada da minha casa.

— Sim, eu entendo. Não se preocupe, vou limpar agora mesmo.

— É que *agora mesmo* com você e seu marido não existe. Vocês dizem *agora mesmo* e os desenhos ficam aí dias e dias.

No mês passado, aquele horror pornográfico no espelho ficou lá por três dias e ninguém limpou. Minha faxineira foi quem teve que descer pra apagar.

— Sim, e eu te pedi desculpas por isso. A gente trabalha muito e acaba deixando passar, a gente esquece. Perdão.

— Não é possível que a entrada, que custou tanto dinheiro, agora apareça sempre cheia dessas porcarias. E quando a gente reclama com o menino, ele responde que é um direito dele. Isso foi você quem ensinou pra ele.

O bom é que agora a repreendem pessoalmente. Até poucos meses atrás, recebiam bilhetes embaixo da porta assinados por um grupo de vizinhos, os mais velhos, que diziam coisas como estas:

Senhores proprietários do 18-A:
Seu filho voltou a sujar a entrada com desenhos, dessa vez com giz de cera, material quase impossível de limpar, pois deixa qualquer superfície oleosa. Na semana passada, o mármore das escadas da entrada apareceu pintado com têmpera, dando uma aparência assustadora ao hall, que é de TODOS NÓS. Por favor, estabeleçam um limite para o menino, ou seremos forçados a enviar uma carta documento por danos à propriedade.

A atriz leu o bilhete no banheiro e, depois de fazer tudo o que fez, limpou a bunda com ele.

Apesar da hostilidade por causa da febre artística do filho, ela conta com o apoio dos porteiros e vigias, com a proteção do síndico do condomínio e com sua fama e prestígio, que formam uma grande couraça em torno do garoto. Não podem mais cobrar multas. Ela falou na última reunião sobre seu filho, relatou o processo de adoção e alguns detalhes da vida pregressa dele, contou como ele era bom, o quanto havia aprendido em tão pouco tempo, como sua vida era diferente agora. E, quando eles já estavam em suas mãos, com a guarda baixa, concluiu que era uma crueldade proibir a única criança no prédio de cometer uma travessura tão inocente. Garantiu que limparia todas as vezes, mas que o deixassem fazê-lo.

Agora, o porteiro ri quando a vê olhando para o desenho do filho, carregando os presentes dos seus admiradores contra o peito.

— Tive que tirar uma foto disso e mandar pra minha esposa.

O porteiro é louco pela atriz. Desde que descobriu o quanto ela é famosa, não deixa de lhe demonstrar respeito para distingui-la dos habitantes do prédio. Ele perdoa qualquer falha dela, faz favores, recebe-a sempre com um sorriso e *que dia lindo faz quando a senhora chega* e *o sol saiu porque a senhora apareceu na rua*. Elogios melosos que ela aceita como água fresca. Elogios nunca são suficientes para a atriz. Ela, sempre cheia de coisas, sempre atolada pelas suas bolsas, carteiras e presentes, sempre para lá e para cá, como se sua corda nunca acabasse. Ela o cumprimenta por trás de um buquê de copos-de-leite e pede que ele a deixe descansar, que amanhã cedo ela limpará o espelho. O porteiro lhe diz que não tem problema. Ele não quer tratar mal a mulher que vê de vez em quando na televisão ou em revistas, a mesma que sua filha adolescente admira. Diz: "Sim, como não, claro que sim, a senhora deve estar muito cansada", enquanto ela espera o elevador. O porteiro acredita que o desenho do filho da atriz é uma lufada de ar fresco naquele prédio de velhos conservados no formol.

Antes que ela entre no elevador, o porteiro olha descaradamente para sua bunda.

Little House on the Prairie

Chega ao décimo oitavo andar. Sai do elevador e vai destroçando as flores nas paredes do corredor e batendo sua bolsa contra tudo que pode. Seu apartamento tem uma enorme porta preta com fechadura de aço e se abre também com um leitor de QR--code. A atriz apoia o relógio no leitor, que emite um bipe e a porta se abre. Ela a empurra com o quadril, *ai!*, o mesmo lado que está machucado. O cheiro de molho inunda os trezentos e doze metros quadrados da sua casa. O vapor embaça as janelas que dão vista para a cidade. Ao fundo, numa cozinha de móveis laqueados, com o mesmo mármore sagrado da entrada do prédio cobrindo o chão e o enorme balcão, seu marido (outro quarentão fabuloso na sua vida) cozinha enquanto Tina Turner berra no Spotify a letra de "Private Dancer". Tina Turner deixa seu marido feliz, bem como Whitney Houston. Essa música tornou o casamento deles feliz. E mais ainda: ela diz que literalmente Tina Turner e Whitney Houston salvaram seu casamento.

O marido da atriz é um advogado criminalista especializado em golpes virtuais, único herdeiro de um casal de intelectuais com um monte de mestrados e doutorados. Ele vem de uma família que tinha casa de campo em Villa Allende, com cavalos e governantas, residência em Nueva Córdoba e propriedades espalhadas pela cidade. O marido da atriz é um homossexual órfão *forrado de grana*.

Ela é uma daquelas travestis que, como dizem as velhas, soube se casar bem. Embora, é claro, não fosse nenhuma pobretona quando era solteira. Apesar de não carregar nenhuma ancestralidade além do campesinato do seu pai e do hippismo elitista da sua mãe, antes do casamento ela já vivia como uma rainha graças ao seu trabalho.

O molho borbulhando na panela é cheio de segredos que o marido nunca conta, mistérios que tornam seu molho o mais delicioso que ela já provou. Deve ser a páprica ou a manteiga em que ele frita a cebola, ou o ponto em que acrescenta o tomate picado na hora, ou o tipo de pimenta, ou as alcaparras, ou as horas e horas durante as quais a fervura suaviza a acidez. Ela não sabe, nos sete anos em que estão juntos, o que o torna tão especial. O advogado está vestindo um moletom velho que entrega tudo, daqueles que não deixam nada livre de suposições. Em frente à cozinha, ele dança para ela enquanto mexe com a colher de pau numa panela de vidro. Entre as pernas, sobressaindo por causa do tecido muito fino das calças, o pinto do marido também dança. Ele não usa cueca. A atriz joga o que tem nos braços numa das poltronas da imponente sala de estar e vai ao encontro dele com um pinot noir que tinha sido enviado ao camarim pela embaixada da França.

— E o que é isso? — pergunta ela ao marido enquanto segura o volume da calça com muita suavidade.

— Um passarinho que atravessou a janela.

— E por que você pôs ele aqui?

— Pra que ficasse quentinho.

— Posso dar um beijo nele?

Um *passarinho*: o marido não tem uma águia entre as pernas, não tem um gavião, é apenas um passarinho.

— Só se for rapidinho, porque estou cozinhando.

Ela olha na direção do quarto do filho, se abaixa e enfia todo o pinto do marido na boca. O marido, nervoso, fica alerta, caso o menino apareça. Quando a ereção começa, ela o abandona. Em seguida, os dois se beijam de leve na boca e ele a aperta com muita força contra si mesmo, cheira seus cabelos e os beija. É um gesto muito comum do marido.

— Onde ele está? — pergunta ela.

— No quarto, vendo TV. Está te esperando pra tomar o remédio. Fiz bolinhos de espinafre e uns ovos cozidos de janta, mas ele não estava com muita fome.

Ela pega um bolinho que o filho deixou no prato e sente o sabor que vem das mãos do marido, o sabor do marido que cozinha delícias como essa.

I'm your private dancer, a dancer for money...

— Como foi na escola? O joelho dele está cicatrizando bem? — pergunta enquanto come outro bolinho.

— Tudo certo. O joelho está muito bom.

— Tem lição de casa?

— Sim, ele fez logo que chegou. Não se preocupe.

O marido espera que ela também pergunte por ele. Uma pergunta que seja só para ele. Que pergunte pelo caso do qual seu escritório está se ocupando, ou pelo seu novo treino esportivo, na moda entre os quarentões que formam seu grupo de amigos, mas não, nada. Ela é indiferente, não lhe pergunta sobre seu dia, nem sobre seu trabalho, nem sobre nada. Será que ela não sente curiosidade pelo que ele faz? Será que se importa tão pouco com os detalhes da sua vida?

Às vezes o marido esquece como ela é desligada em relação a esse tipo de formalidade. Ele é um advogado muito formal. Não a entende, mas se conforma.

Diante de tantas extravagâncias, resignações maiores.

Por exemplo: sua esposa não transa se estiver muito calor. Também não transa sem ter tomado banho antes. Não se deixa penetrar se não lavou muito bem o cu com um dispositivo execrável, um enema fúcsia feito por um designer de brinquedos sexuais. Não o beija sem antes escovar os dentes. Não sai para atuar sem ter escovado os dentes. Não sai à rua sem escovar os dentes. Também não sai de casa sem o perfume Samsara da Guerlain, desde que conseguiu comprá-lo pela primeira vez. E não gosta de falar ao telefone. Apesar de ser atriz, ela é tímida. Se retrai em reuniões nas quais não conhece ninguém. É cínica. Onde encontra uma ferida, derrama seu sal. Também não perde a oportunidade de entrar numa discussão. Ter razão sobre qualquer coisa a deixa feliz. *Embora ter razão, na América Latina, não importe muito, adoro o gostinho do triunfo de ter razão*, ela costuma dizer.

O advogado se consome, seus joelhos tremem pela forma como sua esposa, ou sua travesti, exibe uma espécie de misantropia discreta. Ele e seu filho estão isentos disso, e também um círculo muito pequeno de amigos. Gente que ela não odeia. E também o consome que a atriz siga pela vida cortando-se, golpeando-se, acumulando cicatrizes, algumas mais profundas e nítidas, outras mais superficiais. O rastro do seu modo de vida.

Ela odeia viajar. Não gosta de pegar um avião ou um barco, se locomover, nem mesmo nas férias. *Acho tudo muito vulgar, o aeroporto, as pessoas nos aeroportos, os turistas argentinos pelo mundo, tudo isso me lembra os sets de filmagem, e eu odeio sets de filmagem*, tinha-lhe dito quando ele propôs viajarem para a Itália, a primeira viagem juntos. Ama morar na cidade; é a primeira pessoa a dizer ao advogado que adora viver naquela sepultura sem árvores que é a cidade em que vivem; talvez a rua da sua casa seja uma das poucas arborizadas da região. Seus amigos compraram ou se apossaram de terrenos nas serras e lá construíram suas casas de dois andares e quatro ou cinco quartos, e cada vez que vêm visitá-los ou se encontram em alguma festa eles se encarregam de exaltar a vida longe do barulho, a vida com quintal e um rio nas proximidades. E a segurança, é claro, o famoso *deixar as portas abertas*, o que é impossível na cidade. Ele fica vermelho de vergonha ao ver os gestos de aborrecimento que a atriz faz toda vez que ouve aquelas cantilenas. E, embora prometam ar fresco e liberdade para o filho, ela lhes recorda que nasceu e foi criada num vilarejo nas montanhas. Conhece a cilada da vida rural pacífica e a asfixia daqueles grandes infernos.

Também há os segredos próprios da atriz. O labirinto inextricável que é seu caráter. Como ela é imprevisível. O que não se pode dizer com palavras sobre ela.

A atriz passa meses sem ver os pais, sem falar ao telefone com a mãe, sem enviar um áudio de WhatsApp para o irmão ou a sobrinha. Seu desapego é incompreensível e violento para o marido. Ele é órfão, acha que precisa de uma família, mesmo que seja política. Reconhece que, com a chegada do menino, algo cedeu nela. Visitava a família com mais frequência, e isso parecia tranquilizar o marido. Mas não deixava de representar um grande desconforto e lhe infligia um enorme sofrimento.

Por isso, a sugestão que ela fez dias atrás de passar aquele fim de semana na casa dos pais o pegou de surpresa e o encheu de desconfiança.

— E se formos visitar meus velhos nesse fim de semana, e tomarmos banho de rio e tudo mais?

O advogado conhece as verdadeiras intenções da atriz. Sabe perfeitamente o que ela ambiciona ali do sólido conforto da sua casa, o que a está chamando no vilarejo. É um marido curioso. Lê perfeitamente as constelações que sua esposa desenha com os gestos. Os sinais que deixa à sua passagem.

E agora, na cozinha do apartamento que é um dos bens pessoais dessa travesti rebelde, o presente fermenta no vapor que adere às coisas.

A atriz interpela o marido. Outra vez, o macarrão e a água a ponto de fervura, o molho ronronando no fogão, o filho trancado no quarto, o chão de mármore como um espelho polido pela empregada travesti que contrataram, para dar sua pequena contribuição à inserção do trabalho trans na sociedade.

— Por que você não apagou o desenho do espelho na entrada? — Parece uma pergunta, mas é uma exortação.

— Porque ele me pediu pra não apagar até que você visse. — O marido aponta na direção do quarto do filho.

— Mas está pelada. Vão fazer outro escândalo.

— Vamos limpar tudo amanhã, antes de viajar.

Comem os lábios um do outro, como se estivessem moldando com barro uma figura muito complexa em suas bocas.

— Já está tudo pronto pra viagem. Arrumei a minha mochila e a dele. — O advogado diz isso entre um beijo e outro, apontando para o quarto do filho. — Levei o carro pra revisão, fiz as compras e cozinhei pra você o tagliatelle com alcaparras. O que mais você quer? Amanhã é só limpar o espelho, e então vamos pra vila.

A atriz não ignora o esforço do marido para ser eficaz, bom pai, bom companheiro, bom cunhado, bom genro. Ela sabe que é esse esforço desmesurado pelo teatrinho familiar que o faz fracassar repetidas vezes, como agora. A atriz reconhece sua dedicação, mas também percebe uma chupada no pescoço dele.

Liberdade demais é asfixiante. Quando começaram o namoro, não tinham um relacionamento aberto e não exibiam chupadas no pescoço. Também não pegavam gonorreia por um descuido no banheiro da academia. Tampouco presenciavam cenas em que uma bicha de coração partido gritava impropérios ao advogado na estreia de um filme protagonizado pela atriz. Eram outras épocas. Épocas elegantes. Depois veio a fabulosa ideia de ter um relacionamento aberto, uma forma de completar o que faltava por si mesmo naquele casamento: homossexuais para o marido, claro. Eles estabeleceram limites que protegiam a relação, mas a atriz se esqueceu de mencionar o assunto das chupadas. Então não pode falar nada. Se sente ciúme, se lhe parece de mau gosto, ela tem de engolir sem mastigar.

Agora ela se dá conta de que a multidão de admiradores na saída do teatro também não era tão grave. Agora acredita que o camarim não é tão inóspito, que o diretor não é tão imbecil, que não seria terrível dar alguns autógrafos. Que o molho não era importante, que não valia tanto.

— Tudo certo. Dê o remédio pra ele e relaxe — diz o marido, ignorando tudo, cheio de empáfia.

A festa

Foram apresentados numa festa, por um casal de lésbicas. Eram amigas de ambos e tinham a reputação de alcoviteiras infalíveis. Elas se gabavam de ter juntado pelo menos dezoito casais desde que celebravam suas festinhas pantagruélicas e orgiásticas por ocasião do seu aniversário. Haviam nascido no mesmo dia.

Naquela época, o advogado tinha um namoradinho jovem e atlético, como era costume entre as bichas da sua idade e classe social. O advogado não sentia atração por gente da sua idade. Só se excitava com os novinhos, crianças de vinte ou trinta anos.

A atriz era menos restritiva e podia ser amante de uma pessoa de setenta ou de vinte e três. E abominava o amor. Não compreendia esse sentimento nem se esforçava para entendê-lo. Reconhecia, sim, o desejo, que era como uma bomba de vácuo no seu corpo minado de hormônios. Reconhecia o divertimento, as ereções na sua calcinha quando alguém despertava seus anseios. Conseguia identificar uma ternura, uma *saudade* pelo outro quando se envolvia, feita da mesma substância do amor que sentia pelas suas amigas, pelos pais ou pelas plantas. Não sabia amar ou estar num relacionamento de casal. Era uma travesti que nunca tinha sido fiel a nada nem a ninguém. De repente, podia renunciar a projetos que lhe proporcionariam fortunas, trabalhos que nenhuma outra atriz da sua geração ousaria recusar, ou podia apostar suas economias numa obra teatral. Fazia o que queria, como queria e quando queria. Se fosse um animal, seria um lobo da estepe.

As lésbicas consideravam que o advogado e a atriz eram feitos um para a outra. Elas não acreditavam que o fato de ele ser homossexual seria um problema. Aos olhos desse casal de sapatonas com muito tempo livre, ela era irresistível.

Montaram um altar no qual queimaram um boneco de madeira como no festival Burning Man, um boneco que representava um fascista diferente a cada ano e que faziam arder entre gritos e danças espasmódicas. A casa tinha um grande jardim, piscina, lulus-da-pomerânia, limoeiros e laranjeiras, terraço com vista para o sul da cidade e muros com cercas eletrificadas, porque o fato de serem lésbicas não significava que não fossem cruéis.

O tom colorido daquele aniversário era proporcionado pelos garçons e garçonetes, pessoas trans. A igualdade não passava daí.

A atriz chegou cedo. Deu às aniversariantes *A balada da dependência sexual*, de Nan Goldin, um livro que ainda era impossível de obter na Argentina e que ela havia trazido da Espanha especialmente para suas amigas. Uma vez no local, retirou-se para o pátio. O advogado chegou quando a ferveção já podia ser ouvida da rua, e desceu do carro com um rapaz musculoso dos seus vinte anos usando saia xadrez e harness. A atriz o viu chegar e, pensando na insistência das suas amigas para que o seduzisse, ocorreu-lhe que, enquanto ela estava usando um vestido Vivienne

Westwood, o viado estava usando um namorado que nem sequer tinha pelo no peito.

Um acessório.

Que pretensioso, esse viado, pensou, e então chamou a filhinha de uma amiga bióloga para brincar com ela. Queria evitar o serpentário que era aquele círculo queer em que acabara enfiada sem perceber, tentada pelo luxo e, nas palavras de Buñuel, pelo discreto charme da burguesia, que não servia para nada, mas sempre prometia bons vinhos. O advogado apresentava o viadinho com certa condescendência, tentando fazê-lo se encaixar numa fauna onde abundavam o botox e o cinismo. Mas em algum momento ele se cansou e, assim que o rapaz encontrou um grupo no qual parecia não ser desprezado pela sua juventude e sua falta de assunto, foi tomar negronis na cozinha e observar a atriz de longe. Viu-a dando beijocas nos cachorros, viu-a molhar os pés na piscina, viu-a sorrir quando se aproximavam para cumprimentá-la e parar de sorrir mecanicamente quando as pessoas iam embora, como se alguém fora da sua perspectiva gritasse "Corta!".

— Namora com ele. Você tem que projetar melhor seu futuro. Enfia esse bombom na goela dos outros, esfrega na cara deles. Que te vejam com um cara que vai deixar todos mortos de inveja.

— Grana. O mais importante. Tem grana. Eu não suporto que você pague as contas dos teus casos.

Ele tinha feito o inventário quando a mãe de uma das donas da casa morreu, e em alguma das reuniões que tiveram haviam mencionado *A voz humana* e Jean Cocteau; que fazia muito tempo que ninguém encenava aquele monólogo, e como seria bom ver algo assim em cartaz, e ele confessara que a atriz o deixava louco, que ele achava que a única atriz viva que podia fazer aquela peça era ela. Que por uma *mulher* assim ele se tornaria hétero e tudo.

— Mas era só o que me faltava: que vocês queiram me casar com uma bicha. Os viados pelos quais me apaixono ou estão mortos ou são casados. Já não nascem Urdapilletas nem Peñas nem Marc Girós — disse a atriz, deixando o nível de concorrência muito elevado para o advogado.

Então, verdade seja dita, não é que não tenha registrado o advogadozinho quando chegou à festa. Lembrem-se: ela até o desprezou por chegar com um moleque tão ocupado em exibir o abdômen. Deliberadamente o ignorou. Como fez com todos os namorados que teve. Como fez com o irmão, com os amigos, com os pais, com os amantes e com a sobrinha. Ignorou o mundo inteiro. E isso parecia ser uma forma de afeto.

A menina foi a melhor desculpa da atriz para não ficar com os adultos. Quando o sol se pôs, a criança se deixou tomar pela exaustão num colchão inflável e adormeceu ao lado da piscina.

O advogado não se lembrava de ter sentido desejo por uma mulher. Tivera namoradas na adolescência para sobreviver ao olhar dos primos, dos tios e dos colegas do Colégio Monserrat. E também porque teve curiosidade; é preciso dizer que não era nenhum santinho. Mas viveu esses romances de maneira muito superficial, sem graça e sem paixão. E não é que com os homens tenha sido diferente. Eram sempre romances inapreensíveis, onde não havia nada a perder.

A imagem da atriz evitando os convidados e fumando maconha ao lado de uma menina adormecida reverberava num lugar sexual e impaciente do seu corpo, e ele achou divertido. De fato, era irresistível. Enquanto isso, o gayzinho que o acompanhara à festa fazia de tudo para cair nas graças de um par de atrizes que dançavam na pista. Ele, à sua maneira, também evitava a multidão e tinha vergonha do seu acompanhante, que deixava à mostra um tapa-sexo sob a saia a cada pulinho que dava. Era melhor ser espectador da atriz.

Ela girou sobre si mesma porque se sentiu observada e o viu. Dentro da casa, pela janela da cozinha, ele a olhava completamente embasbacado. Com aquela ausência de vontade nos olhos, cheio de desejo. Ela já tinha visto muitos olhares como aquele para saber qual lenha estava ardendo naquela fogueira. O olhar de homens que se encontram pela primeira vez desejando uma travesti.

A atriz hesitou. Como ele poderia gostar dela? Ela, a travesti mais passiva de Córdoba. A pior travesti da Argentina. Do que ele poderia gostar numa travesti dessas? Olhou-o atrevida, como se o desafiasse. Ele implorou com os olhos para que ela o deixasse se aproximar, e ela demorou bastante até sorrir para ele, e foi como lhe dizer: *Vem cá.*

O advogado saiu tão apressado que se chocou contra uma grande porta de vidro que estava fechada e ele não tinha percebido. Lá dentro, todo mundo fez um escândalo e riu. Ela também. Morria de rir envolta num quimono de seda. O advogado foi até onde a atriz estava com a menina e perguntou em voz baixa o que ela queria beber, e ela disse que um negroni seria ótimo.

— Eu preparo pra você ou você prefere o do bartender?
— Você não é o bartender?
— Não. Sou um amigo da casa.
— As casas não têm amigos.
— Sou o advogado das meninas. Estava te olhando e pensei que talvez você quisesse uma bebida.
— O que você estava olhando?
— É que sou um pouco fã seu. Sei que você não gosta disso — desculpou-se, pondo a mão aberta no peito. — Você quer

que eu prepare o drinque ou prefere o do bartender? Ainda não me disse.

— O do bartender, claro. Você está bem?

— Sim, sim, sim, só um pouco envergonhado — murmurou e voltou para a casa, em busca do barman para pedir as bebidas.

Os cachorros adormeceram aos pés da atriz.

O advogado não se sentia tão ridículo fazia muito tempo.

Conversaram em voz baixa para não interromper o sono da menina. Quando começou a esfriar, a atriz tirou o quimono e cobriu a bela adormecida com um gesto no qual ela mesma não se reconheceu. Por baixo, estava usando um vestido preto bem justo e transparente. Parecia Annie Girardot em *Rocco e seus irmãos*. Mas é claro que ele não sabia, não tinha visto absolutamente nada de cinema neorrealista. Não conhecia Visconti. O que ele poderia saber?

O tempo todo ela reprimiu o desejo de dar ao advogado um gostinho da sua causticidade, de atacá-lo, de zombar da sua profissão. Tinha aprendido a odiar o que desejava, e achava esse ódio até doce. Estimulava seus flertes. Nunca soube por que naquela noite foi diferente com o advogado.

O que se é capaz de fazer para seduzir, pensou.

Eles eram constantemente interrompidos por amigos que se aproximavam como predadores para farejar como estava indo o encontro. *Estou de olho em vocês*, diziam e riam. Na casa, o acompanhante do advogado trocava beijos com um ator das antigas que enfiava a mão por baixo da sua saia e depois cheirava os dedos.

O advogado confessou que o namorado não estava preparado para encontrar tanta gente famosa junta. Que o menino não se dera bem com seus amigos, que era muito novo. Que não caiu nas graças das donas da casa.

— E ele foi embora?

— Não, está beijando um coroa.

— Mais coroa que você?

O vento soprou por um instante e ela ficou arrepiada; ele tirou a camisa e a emprestou para ela. Então, foi a atriz que o olhou pela primeira vez. Sua beleza tão próxima que podia ser tocada. Para ela, aquele gesto pareceu de mau gosto. Algo de paquera gay que lhe provocou rejeição.

— Eu sou um cara muito chato, é por isso que meu par está pegando outro — disse e deu de ombros.

Nesse momento, a mãe da menina chegou.

— Obrigada por cuidar da ferinha. Vamos embora antes do escândalo.

A mãe carregou a criança como se fosse uma recém-nascida e acomodou sua cabecinha no ombro dela. Ao sair, piscou para a atriz e fez um gesto óbvio, algo que a atriz interpretou como um sinal de cumplicidade, porque a viu conversando com aquele traste de advogado pelado.

— Estão todos particularmente estúpidos esta noite — disse a atriz antes de tomar de um gole só o que restava do seu negroni.

Em seguida, uma música soou da casa, alguns gritos também. Ela o levou pelo braço para dançar, mas no caminho se depararam com o namorado do advogado, que tinha exagerado na bebida e empurrou a atriz, fazendo-a cair sobre uma mesa de vidro.

— Sua travesti horrível, fique longe dele!

Por milagre, a coisa não terminou em desgraça. O advogado, cego de raiva, quase o encheu de porrada, mas parou para ajudar a atriz, enquanto dois seguranças, duas enormes travestis vestidas como John Travolta em *Pulp Fiction*, praticamente tiravam o agressor dali pelas orelhas.

Uma vez recomposta a frivolidade e recuperada a indiferença, tendo verificado que a atriz não tinha perfurado nenhum pulmão ou rim depois daquele momento desagradável, a multidão voltou para a dança e a música, *não aconteceu nada*, e atriz e advogado dançaram num canto algumas músicas que pareciam deixá-los nas nuvens. Daquela noite em diante, dançar os manteve unidos mesmo nos dias em que mais se odiavam. Os negronis surtiram efeito. Estavam absortos um no outro, e só saíam daquele refúgio para olhar ao redor e ver que às vezes, na vida, se está no lugar desejado na hora certa.

Amar não é o bastante

A atriz gostava de circular acompanhada de caras atraentes pelos bares da cidade para manter o boato picante sobre sua ninfomania. Falava-se disso em camarins, ensaios, estúdios de televisão e reuniões familiares. Ela entendia que era o momento de forjar uma lenda, de alimentar os corvos, mesmo que depois eles devorassem seus olhos. Mais valia ficar cega do que diminuir a importância do cu. Empenhou-se em transar com qualquer um que achasse atraente. Uns pelo dinheiro, outros pelo talento, outros pela simpatia, outros porque estavam casados com alguma inimiga em particular, outros pelo poder. Tinha conquistado a fama pelos seus próprios méritos.

O advogado era mais discreto, mas mantinha um certo hábito promíscuo dos gays da sua geração. Lemebel diria: *A militância sexual*. Aquela tendência ao sexo sem intimidade em academias, bares, festas de música eletrônica e no edifício onde ficava seu escritório. O aplicativo Grindr era sua fonte de juventude. Estava tranquilo com sua aparência e seu dinheiro, e também com a forma como era desejado. Movia-se com a soltura de quem transa regularmente e com todos aqueles que deseja. Não era nenhuma novidade para um solteiro como ele. Profissional, rico, cobiçado por homens, mulheres e travestis que ficavam impressionados com sua beleza. Parecia um modelo publicitário de relógios ou uísque, mas com os gestos de uma professora de ioga.

Depois da festa de aniversário, encontraram-se *casualmente* no lançamento de uma marca de roupas de um estilista, amigo em comum, e no velório de uma poeta que havia morrido de câncer na língua. Ela o convidou para jantar numa taberna com fama excepcional, e os dois não se desgrudaram mais.

— Tenho um chardonnay dentro da pasta e acabei de sair do escritório. Posso passar no teatro pra te dar um beijo?

Ela aceitava e ficava com ele nos momentos que antecediam sua apresentação.

Certa vez, o advogado quis elogiar seu trabalho, dizer o quanto ele a admirava, mas ela cruzou as mãos na frente dos olhos dele com um gesto de pitonisa e disse:

— Por favor, não vamos falar de mim. Vamos falar de outra coisa. Vamos falar dos outros, não sei. Mas não vamos falar de mim.

A atriz estava começando a ampliar seu poder sobre ele. E fazia isso da única maneira que entendia a atração pelos homens. Não como um acontecimento sentimental, não como um assunto hormonal, mas como uma questão de poder. De sujeição do mundo privado dos homens que se aproximavam dela. Dominar o mundo de nada que os homens traziam entre as mãos como um grande tesouro, como uma grande virtude. Ela não precisava dos pormenores de uma relação entre duas pessoas que se atraem. Para ela, bastava aquele olhar que o advogado lhe oferecera na festa em que se conheceram.

O advogado duvidava constantemente do tipo de pântano no qual estava se metendo. Tinha pavor de se distanciar da sua homossexualidade, que durante tantos anos havia sido um refúgio, um hábito, e ficava ainda mais apavorado ao pensar que estava dando seu tempo e afeto a uma narcisista que só tinha olhos para si mesma.

Marcaram um encontro num bar de jazz. O advogado tinha tomado coragem suficiente para lhe dizer como se sentia, mas tudo acabou de forma diferente do que ele havia idealizado.

Estavam discutindo sobre qual bebida melhor ilustrava um encontro, coquetéis ou vinho, quando ela, depois que a banda tocou "You're My Thrill", lhe deu uma prévia do que viria a seguir.

— Desde que comecei a tomar hormônios, não tenho vontade de trepar. — Ela disse isso em voz alta, sem se importar se alguém a ouvia ou não. Foi com arrogância, mas também com sofrimento. Ele ficou desconcertado, porque não achava que ela era capaz de grosserias assim.

— Não tenho ereções e nenhuma vontade de transar. Pra mim, dá na mesma trepar ou morrer celibatária. — Tomou um gole de gim-tônica. — O estrogênio não deixa eu me masturbar. O trabalho que dá deixar o pau duro, prefiro investir essa energia na academia.

Quando o advogado se lembrava daquela noite, enfatizava como ela havia sido vulgar ao dizer "deixar o pau duro". E no que se seguiu depois da primeira confissão:

— Não vou conseguir te comer. Pelo menos, não agora.

E assim resolveram a questão do sexo, que havia sido uma incógnita para ambos desde que se conheceram. O advogado soltou uma avalanche de perguntas quando ela falou aquilo. Ela era ativa? Só queria penetrá-lo? Não achava que ele pudesse ter vontade de comê-la? Como ela era com seus amantes? Não achava que fosse ativa. Ele era conservador e acreditava que uma garota como ela devia se comportar como uma garota. Não como uma travesti.

Depois desses prolegômenos, ele a convidou para seu apartamento pela primeira vez. O advogado omitia este detalhe quando ironizava a vulgaridade da atriz naquele encontro no bar de jazz. Não dizia que ele a convidara para ir à casa dele ou que intenções ele tinha. Ela ficou surpresa, pois não eram muitos os homens que, durante um flerte tão incerto, tão inominável, convidavam uma travesti para sua casa. Havia o problema dos vizinhos, algum conhecido vê-lo entrar com a travesti mais conhecida do país.

— Está muito bagunçado, tem roupa jogada pra todos os lados e louça suja, mas você tem que ir de qualquer jeito.

Ela aceitou.

O apartamento era enorme para uma só pessoa. Tinha poucos móveis. Um par de luminárias de um designer famoso aqui e ali, um caos e um cheiro muito masculinos, como uma caverna de animal solitário. Notava-se que era um lugar de passagem, sua ausência podia ser percebida. Não havia plantas nem animais de estimação. Ele tinha razão em dizer que estava bagunçado. As camisas estavam espalhadas sobre as cadeiras, havia um aspirador robô coberto de fiapos no meio da sala, papéis jogados entre meias usadas e uma cueca boxer pendurada na maçaneta de uma das portas. Ela se largou no sofá e ele serviu vinho em taças que teve de lavar na hora, um vinho muito caro, que incluía toda uma explicação, como a que daria um guia de adega, sobre a procedência, os anos que blá-blá-blá, os meses que não sei quê, e como combinava bem com aquele queijo que tinha comprado em tal lugar, importado de tal país. A atriz resolveu se embebedar com o vinho que era tão famoso e que, além disso, tinha o mesmo sabor de qualquer vinho que se prezasse, só para não ouvir sua historinha de grã-fino. Era incrível como todos os homens faziam a mesma coisa: contar seus privilégios obscenamente, mais interessados nisso do que nas tetas das suas amantes.

Quando já estava muito bêbada e incapaz de continuar a contenda, chamou um táxi.

— Você vai descer pra abrir a porta pra mim?

Falou num tom muito imperativo, como se de repente não o conhecesse mais. Ele pediu que ela ficasse para dormir.

— Juro que não faço nada com você — brincou. — Minha cama é enorme. Também posso deixar a cama pra você e dormir no sofá, que é muito confortável.

Mas não. Teve que descer para abrir a porta para ela, e aí sim ela agradeceu e saiu saltitando como uma cadela satisfeita. Quando a atriz foi embora (ele pediu por favor que ela o avisasse quando chegasse em casa), o advogado voltou para o apartamento, despiu-se e se masturbou deitado no sofá impregnado do perfume dela. Não pensou na atriz durante a punheta; pensou na última vez em que tinha feito sexo com um colega de trabalho, nos chuveiros da academia. Mas bem perto do orgasmo ele a imaginou na festa, com o vestido preto e seu decote fatal, e então gozou com jatos muito potentes em cima de si mesmo, ficando completamente encharcado e salpicando umas almofadas de veludo roxo. Limpou-se com a mesma camiseta que estava no chão. Em seguida, pegou o celular e lhe enviou uma mensagem: "Você chegou bem?".

Ela, é claro, nunca lhe respondeu.

Esse viado que te come

Certa noite, foram a uma festa depois da estreia de um filme. Vejam bem, a atriz e o advogado iam a muitas festas. Seus conhecidos estavam sempre organizando festas, jantares, fins de semana em casas de campo, inventando desculpas para beber até vomitar. Para ela, era um pouco mais difícil participar desses eventos, mas o protagonista do filme era um dos seus melhores amigos. Um ator que começava a dar seus primeiros passos na escada da fama.

O filme era horrível. Não poderia ter sido mais mal roteirizado e dirigido. No entanto, a festa foi de arromba.

O advogado emboscou o corpo da atriz a noite toda, como se mandasse um recado para seus hormônios, aproximando-a dele e fazendo-a respirar perto da sua boca quando falava com ela, bem perto, devido ao alto volume da música. Ele procurava tocá-la, acariciá-la, e se apressou em segurá-la pela cintura quando ela perdeu o equilíbrio na aglomeração de pessoas. Ele a pressionou contra seu peito e a impediu de cair. Ela sentiu o volume do pinto dele contra sua pelve e se lembrou de um trecho de *Yerma*:

"E certa vez, o próprio Victor, quando eu tinha uns catorze anos (ele era um rapagão), me pegou no colo para atravessar uma vala e eu tremia tanto, de bater os dentes". Lorca era seu grande amor.

Assim que o advogado a soltou, ela reassumiu seu jeito desconfiado. Suspeitava que ele estivesse armando uma armadilha para ela. Que a rejeitaria se ela quisesse transar com ele. E aí tudo acabaria.

Quando a paranoia estava quase vencendo a batalha, um dançarino de quem ela não gostava se aproximou dele. Eles pareciam se conhecer havia muito tempo e flertavam sem disfarçar. Ao vê-los, a atriz sentiu a pontada do seu patetismo. A historinha que protagonizava com o advogado. Era tão óbvio que o homem com quem ela estava se iludindo era um homossexual convicto que até zombou da sua própria ingenuidade. *Se as velhas me vissem...* Resistiu o máximo que pôde ao ir e vir de beliscões e passadas de mão entre o advogado e o dançarino, e então, quando se sentiu derrotada, se despediu.

— Você está em boas mãos! Vou pra casa! — gritou ela no seu ouvido.

— Como? Não estou te escutando!

— Quero ir pra casa, não estou passando bem. — O advogado lhe lançou uma careta de desgosto.

— Não vá, fique aqui e dance comigo.

— Não, estou cansada e amanhã tenho ensaio.

— Como?

— Amanhã tenho ensaio cedinho. Não consigo ficar acordada até tarde.

O dançarino se intrometeu.

— Eu cuido dele pra você. — E se colou ao peito do advogado como uma sanguessuga. Ele se desvencilhou com um empurrão.

— Nem pense em me deixar sozinho agora. Eu vim a essa

festa horrível por sua causa — disse ele, pegando-a com firmeza pelo antebraço.

Ela reconheceu nessa determinação um comportamento muito masculino. Algo que ela gostava nos homens com quem dormia. O dançarino foi embora sem se despedir.

— Por que você vai embora?

— Porque você encontrou seu amigo.

— Aquele viado do caralho já foi e eu prefiro ficar com você.

Ela tragou seu hálito de cerveja, e foi como dar um beijo nele.

— Vou te levar pra casa e você me convida pra tomar um drinque. Quero saber onde você mora.

O apartamento dela não estava bagunçado. O apartamento era sua vida toda. Não havia um único canto daquela casa do qual ela não tivesse cuidado pessoalmente. Até a maneira como as roupas estavam guardadas no armário correspondia à sua ideia de lar. O protocolo particular da sua casa, respeitado com o rigor do silêncio e os pés descalços de um templo oriental. O protocolo que não incluía visitas improvisadas depois de uma festa.

Do lado de fora, uma tempestade apocalíptica se desencadeava com trovões, relâmpagos, alarmes de carros que soavam de repente. Ambos estavam muito bêbados e animados com o que havia se mostrado na festa: um pouco de ciúme da parte dela, um desejo convertido em força da parte dele. Decidiram ir comprar cocaína no apartamento de uma amiga da atriz, onde morava o dealer que abastecia os famosos da cidade. A atriz achou que era uma má ideia consumir cocaína num encontro que poderia terminar em pegação, pois as ereções e o pó são inimigos naturais, mas a autoconfiança e a cocaína são ótimas companheiras, por isso concluiu que preferia ficar com um impotente do que com um tímido.

Ficaram muito tempo na porta do lugar, esperando que a chuva diminuísse. Não conseguiam chegar até onde haviam estacionado o carro. A chuva estava ficando cada vez mais forte e fazia muito calor. Ela começou a correr completamente bêbada e com os sapatos na mão.

— Espere, você pode se cortar! Tem muito lixo! — gritou ele.

Ela o ignorou e ele teve que segui-la. Poderia ser atingida por um raio ou uma árvore, mas ela corria, ofuscada pela inconsciência. Tiveram que decidir entre as drogas e um abrigo, preferindo pular o vício e ir direto para o apartamento da atriz, que ficava a poucas quadras de distância. Chovia tanto que o vestido da atriz grudava na pele, e novamente seus mamilos apareciam, com uma fina cicatriz de bisturi em forma de gancho. O cirurgião que havia colocado seus peitos tinha feito um trabalho magnífico.

No caminho, enquanto corriam, ela parou e gritou que estava fazendo xixi nas calças, que ia mijar. Mas ele não viu nem ouviu, porque o barulho da tempestade era mais forte. E continuou a correr. Ele era alto e muito rápido, e a atriz o achava perfeito.

Ela mijou na porta de um prédio. Estava muito tonta e teve que ficar contra a parede. Ele voltou com medo de que algo tivesse acontecido com ela e a encontrou em pleno deságue contra a parede de uma fachada muito elegante. Instintivamente olhou para o pinto dela, como se fosse um homem qualquer no banheiro de um shopping, aquele primeiro olhar aprendido na clandestinidade, a primeira coisa que homens como ele olhavam. E o que viu não o decepcionou nem um pouco.

Renderam-se à água e caminharam à deriva, tranquilos, por uma cidade que se escondia deles. Entraram no prédio onde a atriz morava com um passo confuso, cumprimentando timidamente o porteiro. No elevador, não falaram nada. Estavam encharcados, tremiam. Sua maquiagem ficara toda borrada, e isso lhe dava uma aura triste. Havia treinado o gesto da sua decepção — tão semelhante à tristeza — por causa do jeito que o mundo era, até convertê-lo numa arma de sedução. Como o mundo acabara se mostrando? Um lixão sem árvores nem comida, com os continentes devorados pela água. Com estrelas como ela, uma travesti vulgar que *não deixava pedra sobre pedra*. Ao abrir a porta do seu apartamento, sem nem esperar um assentimento com os olhos, ela tentou abaixar a cueca, agachada como um macaco. Ele se ajoelhou na frente dela.

— Espere. Me dê um beijo, pelo menos.

Ele a procurou com a língua e a beijou por muito tempo, não tanto porque desejasse, mas para reconhecê-la. Para provar o sabor da sua saliva. Imediatamente sentiu como ela refreava o ímpeto e se adaptava ao ritmo que ele propunha. A língua de repente se tornava mansa dentro da sua boca; o gosto de vodca, a água escorrendo pelo seu corpo.

Sem se dar conta, de repente estavam na cama. Ele perdeu a ereção duas ou três vezes durante o entrevero, e se desculpou como qualquer outro amante heterossexual faria: que estava muito bêbado, que o perdoasse, que a culpa era do álcool. Ela também perdeu a ereção e se desculpou como ele:

— São os hormônios, te falei.

— Devo ir embora?

— Você pode fazer o que quiser.

No entanto, no último momento, prestes a dormir abraçados e nus, que na verdade era o que mais queriam, ele trepou sobre ela para tentar mais uma vez e a penetrou sem proteção, já certo de que tudo acabaria bem. Ela implorou para que ele parasse e pusesse um preservativo, mas toda vez que ele tentava sair, ela o segurava, apertando-o. De repente, a imprudência se transformou num jogo, e nada mais importava a não ser aquele prazer de trepar sem camisinha, completamente bêbados, em meio a uma tempestade que sacudia as paredes.

— Você gosta de como esse viado te come? — ele perguntou enquanto a penetrava, e ela gritou.

Do apartamento do andar de cima, bateram com alguma coisa, talvez um cabo de vassoura ou um sapato. Era muito tarde para fazer escândalo.

Parecia um presente de Papai Noel, uma oferenda dos Reis Magos. Um homem que antes de dormir lia um livro, fazia xixi sentado para não sujar a tampa do vaso, cozinhava pratos saudáveis e à noite, quando todos dormiam, descia até o sexo da atriz e ficava horas lambendo-o, chupando-o, enfiando tudo na boca, brincando com ele. Adornava-o com chapeuzinhos, fitinhas amarradas, untava-o com sorvete, com creme, com doce de leite. Viviam os primeiros meses de um namoro cheio de descobertas sexuais, de surpresas no comportamento do advogado, que de ter gestos de professora de ioga passou a comê-la como um cão robusto e furioso que a mordia e babava e gozava nos vestidos, nos lençóis, no rosto, dentro dela, nas suas costas. Ele se desconhecia. Tal comportamento surpreendente o deixava sem palavras.

Muita gente achava que ele era bonito demais para ela. Até a mãe da atriz, nas suas reflexões de sessentona sozinha, ali naquele vilarejo onde a havia concebido, chegava à mesma conclusão que o resto das pessoas. Que sua filha não merecia um homem tão bonito do lado dela. Que não era justo. E nem tanto pela sua beleza física, que era mesmo avassaladora, mas pela doçura jogada no lixo, o amor despejado num saco rasgado; aquilo que também era sua filha, uma travesti incapaz de amar.

A atriz não ignorava nada. Os pássaros mexeriqueiros se encarregavam de cantar na moldura de sua janela o máximo de fofoca que houvesse. Ela achava tudo muito divertido. Ele também. Porque a comitiva queer tinha seus venenos para verter: que ele a usava porque no fundo era um arrivista, um deslumbrado; que contratavam acompanhantes porque ele não tocava nela nem com um galho, nem com um sifão de soda. Outros, ao contrário, celebravam o encontro, e toda vez que publicavam uma foto numa rede social provocavam uma explosão de alegria entre os milhões de seguidores da atriz. Nada a divertia mais que exibi-lo como um par de sapatos caro e exclusivo. E ele sempre próximo, sempre atento, sempre louco de amor por ela, ignorando os olhares ao seu redor, com olhos só para ela. Nas festas, ela, muito astuta, percorria com seus olhos ferozes a multidão e detectava com água na boca o desejo posto no corpo do namorado. Excitava-a que o desejassem.

Depois de um namoro feliz, eles se casaram no vilarejo onde moravam o meio-irmão e os pais da atriz (divorciados havia muitos anos). Não porque qualquer um dos dois realmente quisesse entrar na enrascada legal que significava um casamento civil, mas porque podiam. Podiam gastar dinheiro com uma festa, pagar a hospedagem de todos os convidados num hotel dos anos 50 que ainda funcionava a vinte quilômetros do vilarejo, comprar o vestido na Maison Lanvin e se encarregar do fornecimento de drogas sintéticas para os convidados, além das louças, cerâmicas de Santiago Lena e os talheres de prata antiga. Eles podiam prever um divórcio, uma separação, os dias tenebrosos em que se odiariam por serem cônjuges. Podiam fantasiar sobre envelhecer, sobre compartilhar a decrepitude.

A festa foi celebrada na casa da mãe dela, no jardim. Seu pai assou três leitões *para que sobre e não falte*, e pôs na grelha todos os tipos de legumes da sua horta. Um cardápio silvestre que deixou todos os comensais opíparos. Cinquenta e oito bocas que beberam, cantaram, comeram, riram e gritaram. Serviram-se vinho tinto, vinho branco e champanhe, oferecidos por uma vinícola cujos donos eram admiradores da atriz, e teve uma bartender trans que roubou a cena com suas acrobacias com a coqueteleira. Uma torta galesa feita com manteiga de maconha provocou alvoroço, vômitos, risos convulsionados e ataques de pânico. A festa se encheu de cachorros — os da mãe, os do pai, os do irmão e outros de casas vizinhas —, de modo que as travestis dançavam entre as bocarras de cães enlouquecidos que estragavam seus vestidos com as patas cheias de terra. As festividades começaram ao meio-dia, logo depois que os noivos disseram o *sim* no cartório, e se prolongaram até o amanhecer do dia seguinte. O sol tirava vapor das pedras, e todos estavam mortos de calor, suados e fora de controle. Até o pai da atriz ficou bêbado e dançou com uma travesti amiga da sua filha que quase o mandou para o outro bairro com as cabriolas equinas que lhe exigiu como *partenaire*.

Outra das travestis convidadas para o casamento — uma da velha guarda, daquelas travestis que pareciam brilhar no centro de qualquer reunião —, que tinha exagerado no champanhe, gritou com a atriz, do nada e sem que ninguém pudesse prever, dizendo que ela havia se vendido. Que se olhasse no espetáculo daquela festa de merda, que não havia nada além de playboyzinhos chinfrins de merda — assim mesmo, com essas palavras —, que estava cheio de playboyzinhos chinfrins de merda comemorando que a vendidona tinha se casado com um viado que nem a comia.

A mãe da atriz a tomou pelas mãos e a convidou para molhar os pés na piscina, e o alvoroço foi se dispersando. De qualquer forma, muitas das outras travestis convidadas, sobretudo as mais velhas, até mesmo a atriz, acharam que a louca tinha razão.

    O meio-irmão da atriz, carrancudo porém comovido, um pouco contra a vontade, olhava-a com uma voracidade que nascia da certeza de tê-la perdido para sempre. Registrava as mudanças de luz que caíam sobre o vestido vermelho com o qual a exibidona tinha se casado para chamar a atenção, para dizer que era mais estranha que todo mundo. As partículas da tarde banhavam-na de um tremor acobreado, e o coração de menino do interior do irmão ficara angustiado com o desejo que sentia por ela, pelos seus ombros nus, pelo perfume amaldiçoado com que o marcara ao abraçá-lo. Durante toda a festa, foi se servindo de copo atrás de copo, na esperança de afogar o que o fazia sentir-se excitado e triste ao mesmo tempo. A atriz tirou-o para dançar na frente da sua esposa, que lhe sorriu com todo o asco de que foi capaz, e abraçaram-se enquanto se dirigiam para o gramado muito unidos, deixando desconfortáveis o advogado, a cunhada e o pai, que suportou a revelação de uma sexualidade arraigada entre aqueles dois irmãos, aqueles dois infelizes que não se davam conta de nada.

    Ela desapareceu minutos antes de cortar o bolo (essa cena se repetirá ao longo do seu casamento: ela desaparecerá do retrato). Foi até o quarto da mãe para espiar a festa pela janela. Olhar para como era seu mundo quando ela não estava nele. A travesti que a amaldiçoara instantes atrás dormia nua de bruços na cama da mãe, certamente vencida pela embriaguez que começara com os drinques do meio da manhã. Sentou-se aos pés da cama para não despertá-la e se pôs a olhar para o marido. O mesmo homem do namoro mais doce e fogoso que ela já tivera em toda a sua vida. Ela o viu caminhando entre as pessoas com sua sobrinha nos braços, vasculhando entre os convidados, de cenho franzido de tanto se perguntar onde sua esposa havia se enfiado dessa vez. Mas ela também viu os amigos que ele tinha convidado, o seleto grupo de amizades íntimas do seu novo marido. Homossexuais ricos com sobrenomes que sugeriam salários altos, férias no exterior, poupanças gordas e o alvoroço que esses privilégios causavam. Ela reconheceu a maneira como os colegas de faculdade do seu marido, os companheiros do Monserrat e seus parceiros olhavam para as suas amigas travestis, certamente não menos afortunadas e não menos endinheiradas, mas sem aquele cordão umbilical com a burguesia que eles tanto amavam.

A atriz se julgou presa dentro do vestido vermelho, abatida por uma assinatura num papel, por um *sim, aceito* dito mecanicamente num cartório. Ela se assassinou em pensamento, impiedosa e parcial, enquanto sua amiga roncava. Custava-lhe admitir que já estava feito, que tinha assinado sua sentença poucas horas antes e que nunca mais voltaria a ser a travesti livre e despreocupada que havia sido.

Voltou para a festa, deixando a amiga nua, que murmurou adormecida enquanto ela saía do quarto:

— As traições têm revanche. Você vai ver como vai sair cara essa sua loucurinha.

— Você gostaria de adotar um filho? — perguntou o advogado à queima-roupa em plena lua de mel em Madri. O bairro de Malasaña estava cheio de turistas, e o casal consumia vorazmente taças de chardonnay, uma atrás da outra. Ela soltou uma gargalhada.

— Por que você está me dizendo isso? De onde vem essa pergunta?

Ele se decepcionou com a resposta da atriz. Deixou de falar com ela um dia inteiro por causa disso.

A atriz compreendeu que era uma proposta muito séria, talvez mais séria que o pedido de casamento.

A raiz do medo

Quando tinha sete anos — seu nome ainda era de menino —, a atriz viu como sua mãe se queimou na boca incandescente do fogão da cozinha em que estava aquecendo a cera depilatória. Ela a viu apoiar a mão distraidamente na boca enquanto pedia à moça que limpava a casa que não sacudisse o Buda de madeira com o espanador, que isso o insultava, que era para usar um pano especial que estava ali do lado. A mãe no mesmo instante retirou a mão, com um grito, transtornada de dor, e a enfiou embaixo de um jato de água fria.

— A senhora está bem?

— Sim, sim, não foi nada.

— Que tonta! — exclamou o menino quando viu a mãe se queimar e gritar daquele jeito. Sua mãe era perfeita. A única que não errava nunca, e agora tinha se queimado.

— Você acha engraçado? — perguntou a mãe.

Com um gesto determinado e rápido, pegou o filho pelo pulso e pôs a mão dele na mesma boca pegando fogo onde ela tinha se queimado antes.

A moça que agora limpava os livros de receitas em cima da geladeira e do micro-ondas não interveio quando a mãe castigou o menino.

— Agora somos dois tontos — disse ela, agarrando-o pelo pulso outra vez e levando sua mão para baixo do jato de água fria. O menino chorava, desconsolado. Foi para o quarto e se trancou. Não dirigiu uma única palavra à mãe durante aquele dia e os que se seguiram. A mãe chegava com suas pomadas e seus placebos para confortá-lo, lhe passava cremes, soprava sua mão.

O menino não dizia uma palavra.

A mãe reconheceu que passou dos limites. O silêncio a fez entender o quanto odiava seu filho. Ela o odiava, apesar de amá-lo intensa e loucamente. Não podia perdoá-lo pela sua existência.

Quando o pai ficou sabendo, recriminou a esposa pela brutalidade.

— Como é que você queima a mão dele assim? Eu devia te denunciar.

— Você faz pior — retrucou a mulher.

— Como é que você queima a mão de uma criança assim?

— Eu nem pensei — disse a mãe.

A queimadura levantou uma bolha, depois secou com uma crosta que protegia o que ninguém mais protegeria, e ele ficou com uma pequena cicatriz, como uma marca de nascença. E foi nisso que a cicatriz finalmente se transformou. Na mácula de ter nascido e saber desde muito cedo do que as mães são capazes.

Os anos se passaram e, quando a mãe completou cinquenta anos, a atriz a recriminou por aquele trauma. Ela riu, negou completamente. Insistiu que toda a história era mentira, que aquilo nunca tinha acontecido.

— Como você pode pensar que sou capaz de fazer algo assim? Sou louca, mas nem tanto. Como é que eu vou te queimar de propósito, filha, como você pode imaginar algo assim?

Não tinha sido intencional, a mãe só queria apertar o pulso dela e, no forcejar, acabou queimando-a.

— Seu pai inventou tudo isso pra virar você contra mim.

— Mentira. Eu sei o que é verdade e o que não é.

— Te juro. Foi seu pai, porque sempre quis você pra ele. Não suportava que você me amasse mais.

— De onde você tirou que eu amava mais você do que ele?

— Eu também sei o que é verdade e o que não é.

Na infância, o animal materno passava por cima da sua vida, ocupando tudo. Se ela pegasse um resfriado, a mãe fingia uma bronquite. Se ela sentia dor por causa de algum machucado, a mãe tinha enxaquecas apocalípticas. Se estivesse triste, sua mãe tomava três ou quatro pílulas para dormir e fingia seus pequenos suicídios. Quando o pai tentava um movimento para se aproximar da filha, a mãe impunha seus limites e os separava, com um talento para o veneno que teria deixado qualquer sicário sem palavras.

Essa era a única maternidade que a atriz conhecia. Um território de guerra com sua própria mãe. Lutar por algo no mundo que fosse só para ela, algo imaculado, que nunca tivesse sido tocado pela mãe.

E o advogado insistia que eles fossem pais. A ideia de constituir uma família — não uma casa ou um lar, mas uma família — parecia muito séria. Adotar um órfão ou mandar fazê-lo em Miami, roubar a criança de alguma moça pobre que não pudesse criá-lo. A atriz não tinha a menor ideia de como seria sua

maternidade, nem queria descobrir. Ela não pensava nisso por vontade própria, fazia tudo por ele, pois já era impossível imaginar-se sem ele.
— Você se casou comigo porque queria adotar uma criança?
— Casei porque quis. Mas agora vai ser mais fácil pra nós.

Ela criou o hábito de chegar ao teatro três horas antes da peça, para se concentrar, alongar os músculos, fazer algumas posturas de ioga, dançar um pouco e verificar se tudo estava no lugar, no camarim e no palco.
Para ela, o conforto residia em que a matéria respondesse a gestos cegos: um gesto para ativar o sensor da porta de entrada do seu prédio, um gesto para que a música soasse por toda a casa, um gesto para pegar o copo e jogá-lo diretamente no espelho do banheiro vermelho que se via no fundo do palco em A *voz humana*. Um gesto para jogar um pote de creme no seu diretor quando ele fazia cenas de ciúme excessivo e depois chegava aos ensaios com alguma namoradinha de vinte anos para esfregá-la na sua cara. Movimentos que não envolviam reflexão. Ela queria ter a cabeça desanuviada para poder pensar em outras coisas. Não queria traçar uma linha com algum membro, conscientemente, dirigindo o olhar para um determinado ponto. Não queria meditar sobre o que o corpo faria depois, e com que finalidade. Sua técnica funcionava. Nunca havia falhado em espatifar o que tinha à mão no camarim contra as costas do diretor, ou em quebrar a xícara de chá contra o espelho do fundo, que ficava a uns cinco metros de distância. Um espelho quebrado a cada apresentação, desafiando o azar.
Aos sábados, fazia duas apresentações, com um intervalo de quarenta e cinco minutos entre elas. Então, chegava muito antes que o horário de costume.

Neste sábado em particular, enquanto fumava um baseado de calcinha e négligé, apareceu na tela do seu relógio um nome que ela não estava acostumada a ver. Quem ligava era seu irmão, o chato e grosseiro rapaz do interior, aquele meio-irmão que sempre adotava uma voz de coitado quando lhe pedia um favor. Antes de atender, ela cobriu o corpo, como se do outro lado o irmão pudesse vê-la, assim como estava, seminua. O relógio da atriz, conectado ao sistema de som dentro do camarim, fez a voz do irmão soar em estéreo. Dessa vez, pedia-lhe que ficasse com a filha no fim de semana, pois ele e a esposa tinham ingressos para um show em Buenos Aires.

— O pai deu pra trás, foi com uma moça pra casa e queria ficar sozinho. E a babá acabou de avisar que a mãe dela está doente e ela não vai poder vir.

Não era fácil para ele pedir um favor à irmã, primeiro pelo quanto a detestava e segundo porque detestava muito mais o marido dela. Aquela bicha que sempre parecia recém-saída do cabeleireiro, que andava contraindo o cu como se as bolas fossem cair, que não sabia nada além de agradecer e pedir por favor e desculpa e se gabar de ser um aliado feminista, com seus olhinhos de água-marinha como salvo-conduto para tudo, e que sufocava sua irmã com seus gestos delicados. Não queria que a filha vivesse uma vida (mesmo que fosse um fim de semana) em que tudo era abundante. Não queria que depois a filha o olhasse com pena porque ele não podia lhe oferecer aqueles luxos com que voltava alucinada da casa da tia, exigindo achocolatado com leite de amêndoa ou queijo camembert para comer com os figos do quintal. Mas a ocasião faz o ladrão e, sempre incapaz de resolver qualquer coisa sem a ajuda do pai ou da irmã, o irmão teve que engolir seu complexo de inferioridade e recorrer a ela.

— Não quero perder o show. Eu trago de presente alguma coisa que você gosta de lá — completou, para em seguida terminar de lançar a rede. — Se você aceitar, vou ter que deixar a menina no teatro daqui a pouco, porque o avião sai em três horas.

A atriz aceitou sem consultar o marido. Depois de meia hora, a sobrinha chegou ao camarim completamente maravilhada com aquele submundo de corredores e umidade. Numa mochila, o irmão tinha posto roupas, brinquedos, cadernos e lápis de cor. E também dinheiro e um celular, que a menina poderia usar para falar com ele ou com a mãe, caso tivesse vontade. A atriz ficou um pouco surpresa com esses detalhes. Não o imaginava preocupado com a filha. Gostou de saber disso. E gostou das flores que ele trouxe para agradecer. Um ramo de narcisos embrulhados em papel-jornal.

Enquanto a menina fuçava em toda a maquiagem e era mimada pela assistente, o irmão perguntou o habitual, desdobrando as asas de pégaso que todo rapaz como ele guardava como uma arma. O olhar de interiorano, a elegância de um corpo que se refina e se tonifica de tanto levantar baldes, carregar areia, rebocar, erguer traves, montar andaimes, descarregar caminhões com tijolos e sacos de cimento. Seu irmão nunca ficava doente. Comia mais do que qualquer outro homem que ela conhecia, era manipulador e conservador, e muitas vezes caía na porrada com quem ele não fosse com a cara.

A atriz sentia tudo isso que era seu irmão alojado como uma pedra de gelo dentro do peito. Algo que a impedia de respirar em sua presença. Percebia o ódio, a culpa dele por desejá-la e acreditar que ela era a mulher mais interessante do mundo. Quis que seu irmão gostasse dela, quis ser amada por ele naquele momento. O irmão, ao ir embora envolto no perfume da irmã, que impregnava até mesmo as paredes do camarim, também teve vontade de ser bem-sucedido o bastante para que ela se interessasse por ele. Mas, para que ela gostasse de alguém, era preciso ser advogado, rico e esnobe, entender de vinhos e conhecer o mundo.

A sobrinha ficou com ela e o marido por duas noites. A primeira vez com uma criança em casa. Foi a primeira fissura em sua resistência. Durante aquele fim de semana, não teve vontade de queimar a mão da menina numa boca de fogão, não quis sofrer mais que ela ou ser mais vítima que ela, e os gestos de cuidado afloravam naturalmente, ela não tinha de pensar em nada. Seu corpo se ocupou de levar e trazer a sobrinha nos braços, de dar-lhe de beber e comer o que quisesse, de pedir que ficasse quieta e lhe obedecesse. E, como havia previsto, o marido ficou fascinado com a ideia de brincar de casinha.

Saíram para passear e ficaram se olhando nos vidros das vitrines, e gostaram do que viram; os demais, aqueles que assistiam, também apreciaram. O cartão-postal de uma família jovem continuava sendo uma carta na manga para obter privilégios, continuava sendo uma promessa. E também um espetáculo. Um casal jovem e lindo com uma criança tão bonita. Uma atriz do seu quilate, passeando com a família pelo parque, como se nada tivesse mudado no mundo, como se a promessa de filhos fosse suficiente para o perpetuamento da espécie. Alguns a reconheceram, a parabenizaram, perguntaram se a menina era dela, e ela respondeu que era sua sobrinha, e as pessoas retrucaram que os filhos lhe caíam muito bem, quando ela ia se aventurar?

Eu não queria isso. Não queria brincar de casinha. Não queria ter um filho com você. Queria nosso egoísmo.

Como não poderia ser diferente, a menina caiu na calçada e ralou o joelho. A atriz quase enlouqueceu de medo ao ver o sangue.

O marido, que era tranquilo, antes de acalmar a menina que mal chorava, falou bem devagar para a atriz, olhando nos seus olhos com o mesmo olhar fixo da noite em que se conheceram. Os olhinhos brandos do marido.

— As crianças caem o tempo todo. Não é culpa sua que ela caiu, calma.

Em seguida, ele limpou a ferida da sobrinha com algodão embebido em água oxigenada, soprou para aliviar o ardor e colocou um curativo para que nada roçasse o arranhão, que era profundo. Parecia saber desde sempre como tratar, curar, fazer dormir, divertir e impor limites a uma menina. Isso, claro, não funcionava com sua esposa: ela o surpreendia todos os dias.

E assim a atriz se rendeu. Não soube por quê, mas concordou em ter um filho com ele. Depois de perguntar ao I Ching e às cartas de tarô da sua mãe, às velhas travestis que dormiam no céu e às antigas travestis que passeavam nas sombras, ao mapa astral, depois de consultar o assunto com seu travesseiro, com as runas e as formas das constelações, de conversar sobre isso com seu psicanalista e seus melhores amigos, depois de rastrear até o menor presságio obscuro, ela disse ao marido, enquanto descansavam depois de transar, que sim, que queria tentar a adoção. Ele disse que também poderiam analisar a possibilidade de uma barriga de aluguel, e ela lhe disse que de maneira alguma.

— Seria mais rápido, podemos pagar, adotar pode levar anos.

— Não, não quero.

— Por que não quer?

— Porque pra isso a gente ia ter que ir até o cu do mundo. E eu não quero gastar essa fortuna.
— Por que não?
— Porque tem toda a porra do progressismo aí fora esperando eu dar um passo em falso pra começar a me crucificar.
Ele teria preferido que ela respondesse em nome de si mesma. Mas ela não quis dizer a verdade.

Amarás tua mãe acima de todas as coisas

A atriz vai até o quarto do filho, que está deitado assistindo à TV.

Os beiços de um cavalo branco passam pela sua cabeça, o ritmo das ferraduras cortando o silêncio da sesta no seu vilarejo.

— Posso entrar ou tenho que marcar um horário? — pergunta, enquanto arranha a porta do quarto como um gato pedindo para entrar.

Ao escutá-la, o menino se contorce de alegria na cama e diz para ela entrar. Ele se senta e pausa o filme com um gesto automático, um botão no relógio. Uma criança com uma LCD de setenta e cinco polegadas à sua disposição.

O menino é alucinadamente apaixonado pela mãe. Ele enlouquece com o jeito que ela fala com ele, de maneira tão doce, tão respeitosa e irônica, com uma pitada de maldade elegante; não como o pai, que sempre fala como um professor condescendente. Embora sua mãe seja distante e cínica, é a pessoa mais próxima que ele tem no mundo. Nunca tinha estado tão próximo de uma pessoa como está agora daquela travesti que é sua mãe.

— Quer tomar o remédio? — pergunta. O menino assente com a cabeça.

Outra vez o pescoço do marido e aquele beijo que alguém deixou para ela encontrar. Uma pequena marca no seu território, como uma mijada alheia no seu jardim. Ela volta para a cozinha para pegar um copo d'água e regressa mastigando seu rancor.

Vai até a cama do filho e pega da mesinha de cabeceira o comprimido de lamivudina, zidovudina e nevirapino, divide-o em dois e põe metade na língua do filho. O menino imediatamente toma a água, ela lhe dá a outra metade e ele bebe de novo. O sabor é muito amargo. O menino tinha trocado recentemente os antirretrovirais em xarope por comprimidos. Devia tomar um a cada doze horas. Como eram comprimidos grandes, a mãe os partia em dois. No início, passava neles um pouco de doce de leite, mas logo o menino disse *não, não quero mais doce, vou tomar assim*. E começou a suportar aquele amargor na boca, primeiro com um pouco de ânsia de vômito e depois como se não fosse nada.

— Por que você pintou os espelhos do hall?

— Porque eu estava entediado.

— E ficar entediado te dá direito de fazer o que quiser?

— Por enquanto, sim.

— E por que você usou minhas maquiagens? A gente não comprou tudo pra você pintar?

— Mas você não comprou pra mim pinturas como as suas. É como pintar com barro.

De fato, os móveis do quarto do menino, os lençóis, o copo com coca-cola na mesinha de cabeceira, a mesa da cozinha, a porta da geladeira, tudo estava manchado com "o barro" dos seus batons Givenchy, Dior e Mac.

— Você precisa limpar o espelho antes que os vizinhos reclamem.

— Sim, mas não sei limpar direito. É melhor que o papai limpe.

— Seu pai tem que dirigir amanhã, ele não vai querer fazer isso. Vou ter que limpar eu mesma.

— Ele vai com a gente pra casa do vovô?

— Sim.

— Não quero que ele vá, quero que vá só a gente. Ele podia ficar aqui. Ele nunca fala nada lá na casa do vovô. Só vai pra atrapalhar.

— Por que pra atrapalhar?

— Você nunca me dá bola quando ele está com a gente.

O marido vem da cozinha e aparece no quarto, fica parado na porta. Nas mãos, traz uma taça de vinho para a atriz, que ela recebe com gratidão. Tem cheiro de comida, no cabelo, no peito nu. O pai também arruma o quarto com poucos movimentos: põe os brinquedos num cesto, os chinelos embaixo da cama, fecha as cortinas, pergunta se o menino já tomou os remédios e se está animado para ir amanhã ver os avós.

— Eu já disse que sim. Que saco. Quem não quer ir é a mamãe.

— Eu quero ir, sim! — grita a atriz.

Dão risada, nem ela acredita nisso que falou. O garoto pede que eles saiam, que o deixem assistir ao filme em silêncio. Ele é um membro dessa família, é inegável. Por pertencer àquele pequeno mundo, é capaz de exigir sua própria solidão, como acaba de fazer. O pai volta à cozinha, mas não sem lembrar a eles que o plano para amanhã é acordar bem cedo, tomar café da manhã e sair de viagem. Vira as costas e sai rápido, ondulante. Ela se deita por um momento ao lado do menino. Está precisando do filho também, está desesperada por uma carícia dele. Esse sentimento sempre explode dentro dela, e de repente implode.

O menino, mesmo sem ter planejado, a acaricia com tanta naturalidade, com tanta doçura que ela geme.

Ela ouve o marido cantar, em voz muito alta, muito desafinada, outra música da bendita Tina Turner.

— Sentiu saudades de mim no teatro?
— Muito.
— Sentiu saudades do papai?
— Muito também.
— Mais que de mim?
— Isso não é pergunta que se faça.

Mommie Dearest

O menino está com eles já faz três anos. Três anos desde que dormiu pela primeira vez naquela casa e foi se acostumando a chamar aquelas pessoas que o adotaram de papai e mamãe. Três anos tomando café da manhã, saindo de férias e sendo protegido por eles. Três anos de contraste entre a boa vida que leva naquela casa com a vida que vivia no instituto antes da adoção. Três anos de compensações, presentes, condescendências, natação e roupas caras, de suas comidas favoritas, de fazer *o que quer, quando quer e como quer.*

Na última noite em que dormiram juntos como um casal sem filhos, pouco antes do amanhecer, o marido acordou com falta de ar, como se estivesse vindo do fundo de um pesadelo. Ao tentar ir até a cozinha, em meio à escuridão para não acordá-la, ele colidiu com a porta e, como estava meio dormindo, se estatelou no chão. A atriz acordou, procurou-o e levou-o pelas mãos até a cama, mas não pregaram o olho até que o sol invadiu sua privacidade, esgueirando-se pelas cortinas entrecerradas.

— Você está certo disso?

Os olhos dele estavam cheios de lágrimas.

— Tenho medo de nunca mais sermos um casal. Que nosso casamento seja como o dos seus amigos. Que a brincadeira termine.

Ele chorava sem falar nada.

— Podemos pensar melhor nisso. Podemos ir a qualquer lugar do mundo, aquele de que mais gostamos, pensar nisso, continuar brincando, fugir um pouco das obrigações.

O advogado se virou na cama e engoliu em silêncio o vacilo da sua determinação. Sua travesti tinha falado, tinha dito o que ele desejava. Fugir com ela. Não serem mais que dois.

E então, quando estavam indo para o abrigo (ele dirigia seu carro importado entre os catadores da cidade que arrastavam seus carrinhos cheios de papelão), ele ficou ensopado de suor, seus lábios tremeram em meio à palidez da sua pele.

— Não sei o que há de errado comigo, estou muito nervoso, não consigo dirigir.

Estacionaram um momento para que ele se acalmasse.

— Você está bem? — ela lhe perguntou enquanto esfregava seus joelhos.

— Sim, acho que sim. É que eu queria te agradecer.

— Eu dirijo.

— Eu consigo dirigir. — Fez uma longa pausa, engolindo as lágrimas, para não atrapalharem suas palavras. — Estou tão contente, não poderia estar mais feliz.

Até esse dia em que o advogado se alterou no carro quando estavam indo buscar o menino em definitivo, tinham tido vários encontros com ele, muito breves, de uma ou duas horas, coordenados pela assistente social, uma morena de cabelos curtos tagarela e espontânea, que dizia a primeira coisa que lhe vinha à cabeça e não podia acreditar que estava trabalhando com uma das atrizes que mais admirava no mundo. Era muito solícita e estava feliz em poder ajudar num caso de tamanha repercussão.

A GRANDE TIRANA SE TORNA MÃE E INSULTA OS SAGRADOS PRINCÍPIOS DA FAMÍLIA ARGENTINA

Eles se conheceram num almoço para o qual a atriz e o advogado a convidaram. O vinho que beberam era mais caro do que as despesas mensais da assistente social, e ela tinha achado um gesto bastante cortês.

— Quando uma família adota, o mundo me parece melhor. — Foi a primeira coisa que ela disse, e falou como se estivesse em transe, algo que a atriz achou um pouco ensaiado.

Mas era verdade, sua felicidade era notória. Estava muito comovida diante dela.

— Espero que as pessoas sigam seu exemplo. É raro que os famosos adotem.

— É raro que as pessoas em geral decidam adotar, acho.

— Sim, ou então decidem, iniciam os trâmites, mas ficam decepcionadas depois de algum tempo. Portanto, quem sabe, quando te virem, continuem...

E acrescentou, dando de ombros, com toda a indiferença proporcionada pela burocracia:

— As pessoas sempre querem fazer o que os famosos fazem.

A atriz olhou para ela sem saber o que dizer.

— Além disso, pedem bebês loiros. Parece mentira, mas quem é como ele, soropositivo ou com alguma incapacidade, é abandonado pra morrer lá dentro.

No país, já havia antecedentes de mães adotivas travestis. Depois de tantas crises econômicas, um novo órfão aparecia a cada dia. As famílias empobreciam, as crianças escapavam do alcoolismo dos pais, muitas vezes os adultos eram tragados pela terra, morriam também de fome, de surtos de sarampo, de vírus recentes para os quais o corpo ainda não encontrava defesas, de pestes para as quais ainda não havia vacinas. As travestis se ocupavam daquela horda de crianças sem pai nem mãe que circulava pela cidade. Quando os meios de comunicação iam atrás da opinião pública — *Você acha que é possível que as travestis cuidem da vida de uma criança? Você acha que podem ser crianças saudáveis? As crianças não estarão condenadas à homossexualidade? Elas podem estuprá-las? Saberão dar amor?* —, as pessoas respondiam que o mundo estava em tal processo de devastação, de tanta podridão, que o amor que vinha dessas mães era melhor do que o desafeto. Não era novidade que as travestis se prostituíam para sustentar os irmãos mais novos, mandar dinheiro para suas casas em províncias distantes ou em outros países. Davam esse dinheiro para os sobrinhos, para os filhos das suas amigas. Tias, mães postiças, madrastas, ninguém ignorava que, durante muitos, muitíssimos anos, as travestis ocupavam o papel que ninguém neste mundo — nem mesmo o Estado — poderia ou queria ocupar: aqueles afetos sem nome, sem estatuto, os afetos inclassificáveis em que as travestis ainda viviam. Mães de ninguém, filhas de ninguém, amores de ninguém, vizinhas de ninguém, tias de ninguém.

    E então havia a atriz, que não era como as travestis que foram citadas antes. Ela podia pagar babás. Ela podia até ir com o esperma do marido — o advogado de mais de um metro e oitenta que trabalhava para as famílias mais influentes e ricas do país — para qualquer lugar do mundo em busca de uma mocinha que lhes alugasse o útero por alguns dólares. Ela saía em fotos com ministros, presidentes, embaixadores. À vista de outras, para quem a vida com os filhos era no mínimo sofrida porque o dinheiro não era suficiente, ela não perdia nada com aquela adoção.

Era como se qualquer mulher abastada quisesse adotar um orfãozinho. Fazer o bem.

Como eram eles, as coisas se saíram ainda melhor. Quantos casais tinham o privilégio de que uma assistente social os encontrasse pessoalmente para facilitar a adoção, a ponto de resolvê-la na mesma hora? A atriz sabia que o advogado sozinho não teria conseguido. Nem se tivesse casado com outra ou com outro, tanto faz. Era ela quem servia a todo o circo. Ela e sua fama. E, se ela estivesse sozinha, talvez a opinião pública tivesse dito: *Não! Como dar uma criança em adoção a uma atriz antipática, a uma ex-prostituta sem talento?* Embora, é claro, ela sozinha nunca teria pensado em adotar alguém. A única coisa que podia adotar eram novas dietas.

Todo mundo tinha alguma coisa a dizer sobre mim. Todo mundo parecia saber de alguma coisa que havia me escapado ao tomar minha decisão. "Você faz tudo isso pra ficar com a bicha do teu marido", me disse uma amiga. E talvez fosse verdade. *Não seria nem o primeiro nem o último relacionamento que prolongaria seu fim devido à chegada de um filho... Fiquei surpresa em ver quantos pensavam que este é um mundo onde as crianças nascem por amor.*

Por fim, as coisas terminaram bem, deu tudo certo, e ela quis jogar tudo para o alto, mudar de nome, de número de telefone, de endereço, de profissão, não ver mais o marido nem o filho. Mudar para outro país e começar uma nova vida com um nome diferente.

Uma travesti sem passado. Uma travesti que não só escolhia seu nome e gênero, mas também o tipo de história que a fundava.

Aí estava seu espetáculo.

O prontuário do filho

— É um caso difícil, o menino já tem seis anos e é um paciente vertical, não é o mesmo que adotar um bebê.
— Vertical? — perguntou o advogado.
— Nasceu com HIV. A mãe passou pra ele.
A assistente lhes falou cruamente, sem promessas ou eufemismos. Oferecia toda a sua vontade e o desejo de ajudá-los.
— Mas este é o reino do revés, este é o país do "vamos pagar pra ver" ou do "nunca se sabe"; vocês podem passar a vida toda, vocês e esses meninos, sem que a questão avance nem um passo. Se não tiverem certeza, é melhor voltarem para casa e viverem uma linda vida sem filhos. Isso sou eu que digo, eu que tenho gêmeas.
E continuou com a história.
A mãe do menino se suicidara ao saber que era portadora de HIV, quando ele tinha três anos de idade. Encontraram-na com as veias abertas na poça do próprio sangue. O choro da criança alertou todos os vizinhos da pensão.
A avó levou o menino para viver com ela e o marido, numa cidadezinha do interior. Os avós superaram a morte da filha com

sua chegada. Agasalharam-no, ensinaram-no a dizer suas primeiras palavras.

Também o levavam ao infectologista, davam-lhe o coquetel, faziam pão caseiro, arroz-doce, costuravam suas roupas, às vezes iam ao cinema ver um filme de animação. Quando a assistente contou essa parte da história, a atriz achou que ela tinha talento para a narrativa. A assistente disse que eram coisas que o menino havia lhe contado.

A avó comprou para ele uma bicicleta de rodinhas e o ensinou a andar, o abraçou, abriu a porta da rua e o deixou sair para brincar com outras crianças. Tornou-se especialista nas contendas com a burocracia hospitalar e com a condição sorológica do neto, fez amizade com os infectologistas e com toda a equipe de hemoterapia, e aprendeu novas linguagens, nomes de coisas que nunca havia imaginado na vida: carga viral, CD4, antirretrovirais. Quando ela não podia levá-lo aos controles, o avô ia com ele. Pegava-o pela mão e o carregava no colo, nos ônibus. Depois da visita ao hospital, levava o menino ao piso de entretenimento do shopping.

A atriz se perguntava como a assistente social sabia de todas essas coisas. O marido parecia não pensar em nada, apenas implorava com os olhos.

Então, o menino viu o avô apunhalar a avó dezesseis vezes. Em seguida, viu-o ir até a garagem e dar um tiro na própria boca.

Foi parar no abrigo, esperando que alguém o resgatasse. Lá estava ele desde então, tímido, sempre temeroso, sem tempo para chorar, naquela sociedade habitada por órfãos, sob a violência primitiva daquelas crianças, instigadas pelo mundo adulto que as rodeava.

Dois anos ouvindo a enfermeira reclamar dos horários da sua medicação.

— Você já tem idade pra fazer isso sozinho. Não sou sua escrava.

Dois anos brincando de porrada, porrada e mais porrada. Dois anos sentindo pavor das crianças mais velhas.

E, um dia, o menino destinado a ser ignorado foi visto por alguém. De repente, falaram para ele daquela família. Mostraram-lhe fotos.

— Você deve conhecer ela — disse a assistente, apontando para uma fotografia numa revista.

— Não, não conheço.

— É uma atriz muito famosa. É uma artista como você. Você gosta de desenhar, né?

— Sim, gosto.

— Bem, então já é razão suficiente pra que vocês se conheçam. Uma atriz e um pintor.

E pela primeira vez se encontraram no pátio do orfanato. O menino tinha cabelos pretos, quase raspados. Os olhos, enormes como de animê japonês, tinham aquele brilho úmido dos que haviam sido tocados pela tristeza desde muito pequenos. Ao vê-lo, era impossível não o amar. O sentimento não era estranho para quem o conhecia. Seus joelhos roçavam um no outro enquanto ele caminhava. *Joelhos carinhosos*, diziam-lhe na escola. Quase nunca usava bermuda. Quando o cumprimentaram, seus futuros pais experimentaram esse amor. Não é novidade que pais adotivos digam coisas como *Quando o conheci, senti que o amava desde sempre, como se ele fosse meu, como se eu o tivesse parido*. Como uma autoprofecia retroativa, que conferia amor a um passado que nunca existiu. Mas lá estava, e era autenticamente falso e inútil como qualquer outro sentimento.

O menino, por outro lado, já havia tido encontros como esse antes. Não eram os primeiros que ele ia ver no pátio lúgubre, no mesmo horário e com a mesma assistente social. As pinceladas de Dickens que coloriam as cenas repetidas da sua vida. Para ele, era apenas mais uma mentira. E como ele estava certo.

A atriz e o marido trouxeram doces e um bolo de coco com doce de leite, e também achocolatado e medialunas, mas o menino não se atreveu a comer, um pouco por desconfiança e outro pouco porque sua timidez lhe tirava o apetite. Em questão de minutos, a mentira se disfarçou como a melhor verdade, quando ele viu a atriz vestida com aquelas cores, um vestido laranja e fúcsia com mangas bufantes que parecia prestes a levantar voo. Ela sorriu para ele, e depois parou de olhá-lo para começar a comer. O garoto agiu com cautela enquanto observava a atriz devorar as delícias que haviam levado e sujar o canto da boca com açúcar de confeiteiro. O marido da atriz se envergonhou ao vê-la se comportar como um *Australopithecus afarensis*.

— Se você continuar comendo assim, não sobra nada pra ele — disse, rindo.

— Ai, desculpe! — disse ela. — Quando eu fico nervosa, como sem parar.

Ela se engasgou com uma migalha e, quando tossiu, o achocolatado lhe saiu pelas narinas. O garoto teve um ataque de riso. A assistente social não conseguiu se conter e soltou uma gargalhada que soou como uma buzinada, o que fez o marido rir também. E assim, como muito do que é baseado no riso tem um futuro alegre, a assistente se mostrou otimista e começou a mexer os pauzinhos nos gabinetes burocráticos. Era uma publicidade muito boa para o Estado.

Ao longo dos encontros, o menino se divertia com as descobertas que fazia da sua possível futura mãe. O perfume dos seus cabelos e o cheiro que suas roupas exalavam. O brilho da sua pele. O costume de interromper os solilóquios do marido quando se distraía. As piadas fora de hora. A imprudência dos comentários que soltava como detonações num momento tão delicado pelo qual estavam passando. E foram meses durante os quais às vezes iam a uma confeitaria onde pediam smoothies enormes que o menino nunca terminava, e ele voltava ao abrigo com as mãos cheias de presentes que depois as outras crianças tomavam como se fossem delas.

A atriz, o marido e a assistente social avançavam de papel em papel, de assinatura em assinatura, de exame em exame para concretizar a custódia final.

No segundo encontro na casa do casal, ela perguntou ao menino o que ele gostava de fazer. Uma pergunta bastante estúpida e quase impossível de responder. Mas lá estava a criança para dizer a verdade.

— Desenhar — respondeu, morrendo de vergonha. — E você?

— Comer e dormir.

O marido confirmou.

— É verdade, ela come, dorme e às vezes se lembra de mim.

Ele diz isso, mas eu me lembro de nós juntos antes da sua forma final. Havia uma felicidade insuportável que agora ele retirava de nós para doar a um menino. A verdade é que eu estava morrendo de ciúme. Quando a epopeia da paternidade dele começou, senti que os anos de alegria davam lugar a uma cena em que a parte menos interessante de mim mesma permanecia.

O menino aceitou o destino com muita tranquilidade. E não é que não lhe custasse a ideia de ser adotado, de não voltar mais ao orfanato nem à rotina de horas estéreis em que a infância ia se escoando como que por um conta-gotas. Ele pensava muito nos amigos que deixaria para trás. Na luz costumeira do quarto, nas plantas morrendo no pátio, nas oficinas, nas mesas do refeitório. A professora que ajudava com a lição de casa, as aulas de música que tanto o divertiam. E também pensava com nostalgia no menino de doze anos que o levava pelas mãos a um dos banheiros e o beijava e o tocava por todo o corpo, de ponta a ponta. O rubor, a sensação de mergulhar num abismo, a vontade de pedir ajuda quando, depois de uma longa masturbação, viu o amigo ter o primeiro orgasmo. O menino que, ao se despedir dele, punha o dedo indicador na boca para pedir que guardasse segredo, como a foto de uma enfermeira estampada na porta da enfermaria do local. Escondiam-se onde podiam, debaixo das escadas, debaixo das camas, debaixo do forno do refeitório, farejando-se, apalpando-se, abraçando-se e brincando de papai e mamãe. Criticavam e imitavam as enfermeiras e os vigias, e também as crianças de quem não gostavam ou com quem haviam brigado. O futuro filho da atriz soube fazer o melhor aliado para sobreviver. O menino poderia ter contado as horas perdidas na noite, com os olhos de um animal assustado, no trajeto daquele amor, o único na época que não tinha medo do contato como os outros, que o agrediam e o afastavam como uma peste.

— Que sorte. Isso se chama ter muita sorte — disse o amigo quando soube que ele seria adotado.

— Gostaria que nós dois fôssemos.

— Já estou velho pra isso.

— Nunca se sabe.

— Como é que eu não vou saber?

Ele perguntou se era verdade o que andavam falando da sua nova tutora, que era famosa e travesti. O menino não soube o que responder. Ele não sabia o que aquela palavra significava, então na próxima vez em que a assistente social veio buscá-lo, para levá-lo a outra reunião com seus futuros pais, o menino a questionou.

— O que quer dizer ser travesti?

A assistente social ficou paralisada. Uma pergunta que os adultos como ela nunca souberam responder. Nem mesmo as próprias travestis se atreviam a dar uma resposta. E não porque lhes faltasse disposição ou porque a linguagem era escassa, mas porque, mesmo nos tempos de que falamos, essa palavra continuava sendo um mistério. Quando o menino perguntou o que significava ser travesti, a assistente social registrou pela primeira vez seu cansaço desde que conhecera o casal para ajudá-los na paternidade. Pelos trâmites dessa adoção em particular, pela decepção que envolvera ter conhecido a atriz, cuja simpatia era inversamente proporcional ao seu talento, pela pressão midiática e porque, depois que conheceu o casal, suspeitou que tinha cometido um erro. Pensou que estava entregando uma criança a dois narcisistas que nem sabiam que dia era hoje, que ano ou que mês. Apesar das suas melhores intenções, havia se afundado em discussões sobre a identidade da atriz. Tivera de lidar com o ódio dos funcionários públicos em relação às travestis. As coisas que diziam na televisão, os insultos que eram publicados nas redes sociais. O questionamento dos seus superiores, dos seus pares e daqueles que lhe eram subordinados. Já estava esgotada.

Ela pensou *Chega, filhinho, até aqui eu cheguei, eles que se virem com uma psicóloga*, e marcou um encontro exclusivamente para que fossem honestos com o menino e sobre a "questão travesti" da futura mãe adotiva. Uma reunião para pôr as cartas na mesa.

A atriz objetou, mas a assistente, que de ser toda paz e amor poderia se tornar sua pior inimiga, recusou, incorruptível. Os futuros pais, a assistente social, uma psicopedagoga e o menino se reuniram na casa da atriz. Assim como no teatro, quando a atriz se lança ao telefone que toca, assim como quando joga a xícara de chá contra o espelho e contra sete anos de azar, o ar estava afiado naquele dia. O menino, com roupas de segunda ou quinta mão, sentado no sofá de couro de quatro lugares que reinava na sala de estar dos futuros pais, tinha expectativas do que poderia ser dito naquela reunião que tentava camuflar a gravidade do assunto. No entanto, a amargura refulgia no rosto da atriz. Ela se sentia culpada perante o marido por colocar em risco a adoção com uma parte do seu corpo que parecia comprometer tudo. A seriedade e a preocupação do advogado estavam sobre a mesa, como cartas de baralho distribuídas. E sim, é claro que ele culpava a esposa. É claro que a culpa era dela. Já tivera oportunidade de vê-la sendo incorreta várias vezes. É por isso que tinha de aprender a sorrir e baixar a bola. Para evitar passar por situações como essas. A psicóloga parecia não sentir nada, não percebia nada. Mas o menino era como uma esponja.

— É necessário que ele esteja presente? — Numa última tentativa, o advogado quis vestir um manto de piedade.

— É ele que tem a dúvida, e nós vamos responder — disse a assistente. Era a primeira vez que ela apresentava um sorriso como aquele desde que a conheceram.

— Conte pra nós: o que você queria saber? — A psicóloga apressou o menino.

— Quando é que eu vou vir morar com eles? É isso que eu quero saber.

Estavam no décimo oitavo andar, sua urgência era genuína. Fascinava-o estar naquela altura da cidade.

— Ainda falta tempo pra isso. Mas sua pergunta era outra, pelo que me disseram.

O menino se remexeu, olhou para os cadarços dos seus tênis furados, para a atriz que lhe sorria e para o advogado que tinha os olhos num ponto fixo sobre a mesa, junto aos sanduíches e aos alfajores de massa folhada.

— Não importa. Prefiro que me digam quando vou vir morar aqui.
— Bem, se ele não quer perguntar, não há razão para forçá-lo. — A atriz quis encerrar o assunto.
— Não. Vamos falar agora e deixar pra trás esse pesadelo.
Pesadelo. A atriz e seus genitais eram um pesadelo. Mas era muito baixo ficar pensando naquilo diante de um órfão com roupas que pareciam mordidas por um cachorro. Justo ela não podia se dar ao luxo de cair no privilégio da fragilidade. Aqui as vítimas não tinham nada a fazer.
— Bom, já que ninguém fala, você vai ter que falar — a atriz ordenou à psicóloga.
— Como achamos importante que você saiba para poder tomar uma decisão, mesmo sendo pequeno, quero te dizer que ela é uma mulher com pinto. — A psicóloga encurtou o caminho e apontou para a atriz com o dedo.
Uma mulher com pinto.
O menino riu. Ele não entendeu o que a psicóloga quis dizer, mas achou a expressão muito engraçada. Em toda a linguagem do internato, não havia palavras para dizer uma estupidez como aquela. A atriz também riu com o menino.
— Você está desconfortável?
— Sim, e você?
— Muito. Muito desconfortável.
Então ela mordeu os lábios e negou com a cabeça, e o menino gostou disso. E não se importou que ela tivesse pinto; ele tinha um e não era nada ruim.
A atriz lhe parecia diferente de outras pessoas que conhecera, não sabia por quê. Não queria perdê-la. Não queria que o separassem dela. Nem do quarto que lhe prometeram, nem dos presentes que lhe deram e dariam, nem do edifício e do andar alto onde se imaginava desenhando. E também não queria se separar do advo-

gado, mesmo que ele fosse condescendente e não descobrisse uma maneira de conseguir seu afeto. Porém, ao longo desses encontros em que reinava uma atmosfera de exame, ele desejara tanto a atriz que não queria perdê-la por nada nesse mundo, nem mesmo por algo tão relevante quanto seu pinto. Talvez fosse seu jeito de prestar atenção nele e depois se afastar, como parecia estar num vaivém contínuo, sem pausa, entre seu mundo e o mundo real. Como parecia chegar de algum lugar muito distante toda vez que se conectava com ele. A maneira como aterrissava na sua existência, como pedia permissão para chamar sua atenção, os dentes do seu olhar. Ele ficava ansioso para vê-la, ansioso quando a via, quando observava suas mãos e o formato da sua boca ao falar. As pulseiras que tilintavam, as gargalhadas que faziam a assistente pular da cadeira, os beijos ruidosos que dava no marido e as piadas que fazia com ele e depois ria; a risada soava em meio ao desespero e era tudo lindo, não podia ser melhor.

Em meio à repercussão midiática sobre a adoção, o empresário ligou para a atriz, muito preocupado. Estava prestes a gravar uma minissérie para uma plataforma que havia investido muito, muitíssimo dinheiro na produção. Uma minissérie sobre o mundo do narcotráfico nos anos 90 na Argentina. Imaginem o trabalho que vinha pela frente.

— Me ligaram da produtora. Dizem que a publicidade da adoção está sendo negativa à série. Não sei como caralhos uma adoção pode ser negativa, mas lá estão eles, reclamando. Que você não pode começar a filmar uma minissérie onde interpreta uma prostituta e fazer uma campanha midiática com a adoção. Que não é verossímil.

Eram nove horas, ela nem tinha tomado café da manhã. O marido ainda estava no banho.

— Não sei do que você está falando. Que campanha midiática? — respondeu ela.

— As notícias sobre a adoção do seu filho. Dizem que faz as pessoas falarem de você como travesti e te deram o papel de uma mulher. Que para trabalhar na minissérie você não deve mais falar com a imprensa sobre a adoção do seu filho.

— Mas é isso que me perguntam. Não depende de mim.

— Não se faça de vítima, você bem que poderia ter mandado fazer o menino. Pare de falar um pouquinho.

— A assistente social diz que tudo isso ajuda a fazer com que seja mais rápido.

— Acho que eles estão certos, você devia esperar a minissérie estrear. São cenas muito, muito fortes.

— Diga a eles, da minha parte, para enfiarem a minissérie no cu — respondeu ao empresário e bateu o telefone na cara dele. O marido tinha acabado de sair nu e molhado do banho.

No dia em que o menino saiu do abrigo, seus colegas se despediram com mensagens de incentivo, desejando-lhe felicidades. Do vão da porta, chorando como num casamento, a assistente social lhes dizia adeus e rezava, no íntimo, a todos os santos nos quais não acreditava, para que a adoção funcionasse e aqueles dois não fossem tão egoístas a ponto de partir o coração da criança.

O amigo, aquele dos beijos secretos, não compareceu à despedida. Na noite anterior, ele não apareceu na sua cama. E, na véspera, evitou-o nos pátios. E à tarde, assim que o lanche acabou, ele se atracou com três meninos de uma só vez e os subjugou quase sem esforço. O futuro filho da atriz olhou para ele apavorado do lugar onde terminava de tomar seu mate, e o menino foi até sua mesa e cravou ali uma pinha na madeira.

O menino se despediu das professoras, do segurança e da assistente social e saiu de mãos dadas com a atriz. Encontrou seu novo pai e uma menina, que o esperavam encostados num automóvel muito novo, muito vermelho, muito grande. A menina, ao vê-lo, começou a dar pulinhos de alegria e aplaudir, e aquele que seria seu pai de agora em diante enxugava as lágrimas que lhe rolavam pelo rosto.

O menino puxou a mão da atriz e a fez parar.

— Quem é ela? — perguntou em voz muito baixa no ouvido da atriz.

— Ela é sua prima, é filha do meu irmão. Veio pra te receber.

A menina correu para lhe dar um abraço. Parecia explodir com sua alegria descarada, seu afeto, tudo o que significava a chegada de mais uma criança à família, como se estivesse carregando um instrumento musical muito grande para a sua idade. Isso o paralisou, deixou-o sem palavras, como geralmente acontece, e diminuiu seus temores como num passe de mágica. Quando a atriz quis apresentá-los, a menina interveio:

— Não precisa, tia. Eu me apresento sozinha. — E lhe lascou um beijo na bochecha que deixou o menino vermelho como um tomate. — Não fique com vergonha, agora somos primos. Você não precisa ter vergonha de nada.

Deu-lhe um desenho onde havia uma menina e um menino de mãos dadas, e o menino era enorme, pelo menos o dobro do tamanho da menina, e havia três sóis com rostos sorridentes e montanhas nevadas de onde descia um rio que molhava seus pés.

— Somos você e eu. Copiei de uma foto sua que minha tia me mostrou. Como eu não estava na foto, me inventei aqui. — Pegou a mão dele e a guiou até a superfície do desenho, a mãozinha toda ressecada e as unhas compridas. — Também inventei as montanhas.

Ao entrar no carro, o garoto gaguejou ao falar:
— Po-po-demos ir to-to-mar sorvete?
— Claro, o que você quiser — respondeu o advogado.
Discutiram sobre qual sorveteria era melhor, enquanto a atriz passava o cinto de segurança neles. Depois, respiraram e relaxaram os nervos de todo aquele tempo de papelada, assinaturas e alertas, um estresse que pensaram que nunca acabaria. O carro se perdeu no trânsito; o sol já estava alto, mas não muito quente. Nunca a luz tinha sido tão suave, era tão nítida que podia ser tocada. A assistente social também respirou fundo e entrou no instituto, apreensiva. As bolhas de herpes assomavam em volta da sua boca.

O menino dormia mal. O assassinato da sua avó e o suicídio do avô tinham tirado seu sono. Não contava a ninguém, mas dormia muito pouco, passava horas deitado na cama, de olhos fechados porém acordado. Ele era muito jovem para padecer daquela insônia que o mantinha acordado à noite, atento aos ruídos recém-estreados da sua nova vida. O elevador que subia ou descia, os carros, o grito de algum bêbado. Durante o dia ele andava desperto e alegre, a infância e sua força eterna, mas assim que o sol se punha todo o sono que lhe faltava da noite anterior o invadia por completo. Depois, adormecia onde quer que estivesse, sem resistência. No orfanato, não conseguia dormir pesado. Dormir profundamente significava estar vulnerável à brutalidade dos maiores. Aqueles que abusavam dos menores que não estavam alertas para escapar.

E as mãos do amigo? Por que já não subiam até as bordas da sua cama com lençóis baratos e colchas com cheiro de cachorro, e dali para o seu corpo? Só de lembrar dele já se animava, sentia a quentura das bochechas escuras, manchadas pela vida de orfandade. Quando seu amigo voltaria a beijá-lo na boca e pedir silêncio? E aquele momento no pátio, a tarde que ele recortou na memória e para a qual conferiu uma moldura e uma luz particular, a tarde em que seu amigo acariciador o defendeu de algumas crianças que queriam brigar com ele, *ah, l'amore, l'amore...*

Com grande tristeza

Voltemos para o filho da atriz no seu quarto e ela deitada ao lado dele. Nas paredes, uma aurora boreal é projetada por um dispositivo do tamanho de um anel sobre a mesa de cabeceira. Aqui sempre faz calor, a chuva é sempre escassa, as árvores estão sempre morrendo. Aqui a atriz sufoca. Eles apodrecem na média de quarenta e quatro graus de setembro a maio, e às vezes até junho. Aqui estão eles, apenas com a imagem de uma aurora boreal e todos os luxos de uma criança que se salvou da miséria.
Assistem à TV em silêncio. A noite quente, as revistinhas e os brinquedos caídos no chão, que o advogado não pegou.
— Você está com vontade de ver seu avô e sua avó?
— Eu menti pro papai. Não sei se quero ver o vovô. Ele se irrita com tudo.
— Bem, são só alguns momentos, ele nem sempre fica irritado.
O menino é esperto. Capta as coisas na hora. A mãe simplifica um tantinho, sintetiza um pouco a complexidade do avô.

Com essa simplificação, ela o corrige, torna-o tolerável. Não que fosse a primeira pessoa no mundo a fazê-lo. Encobrir os defeitos dos pais como se jogassem terra sobre um rastro.

— Ele vive de mau humor. Fica incomodado até que a gente brinque com os cachorros.

— Isso não quer dizer que ele seja ruim.

— E ele cospe quando fala — finaliza o garoto e volta a rir, maldoso, pensando na dentadura nova do avô.

Há algumas semanas, ele brigou no pátio da escola particular onde estuda, porque um dos seus colegas mostrou um vídeo da sua mãe fazendo sexo com outro homem que não era seu pai. Voltou com um olho roxo, mas nunca contou à atriz o motivo. Nunca poderia falar com ela sobre sua raiva quando a via fazendo aquelas coisas com alguém que não era seu pai, e ainda por cima suportava as provocações dos seus colegas de classe. Mais provocações, porque não era pouca coisa ser filho adotivo da pior travesti da Argentina, um peso tão parecido com o de todas as outras pedras da sua história. O menino não disse a ela o quanto a odiava por isso. Agora ela está lá, deitada na cama, com o queixo apoiado nos braços cruzados. Dá vontade de lhe contar, de confessar que a viu, que teve de trocar socos com dois colegas da escola, mas que, como são tontos, têm medo dele. Ele vem de um orfanato e bota medo neles.

Mas o garoto opta por não lhe dizer nada.

Acaricia o cabelo dela, a linha masculina da testa e o nascimento do cabelo. É bonita nessa dualidade. Ele já se acostumou a isso.

— *Meu amor*, vem comer! — grita o advogado da cozinha.

A atriz pergunta:

— Você já fez xixi?

— Ainda não.

— Vá agora — ordena.

O menino se levanta, vai ao banheiro enquanto ela espera. O menino volta.

— Agora sim, desligue a TV e durma, porque amanhã a gente vai sair cedinho.

O menino se deita. Ela não lhe dá um beijo de boa-noite; os dois concordaram que o menino já é grande para aquela beijação.

— Você fazia isso por obrigação.

— O quê?

— Me dar beijos e me abraçar quando eu me deito.

— Sim, é uma obrigação abraçar vocês quando são pequenos.

— E você não tem vontade de me dar mais abraços e beijos de boa-noite?

— Às vezes. Quando você não me pede.

O menino se vira na cama e lhe dá as costas. Poderia ser a origem de um drama, aceitar que há uma idade em que é preferível dormir sem o beijo e o abraço da mãe. Acostumar-se com a intempérie.

Pense na sua morte, diz o *Hagakure*.

— Eu não dei descarga.

A atriz se levanta com um gemido, lhe dói cada pedacinho do corpo, é como empurrar um transatlântico sozinha.

Fecha a porta do quarto do menino e vai ao banheiro. Tranca-se ali e inala profundamente o cheiro de urina um pouco ocre. O xixi do filho cheira a antibióticos. É um cheiro metálico, de ferrugem. No início, ela ficou preocupada e consultou o infectologista. Ele lhe disse que possivelmente eram os antirretrovirais. Desde então, toda vez que o filho não dá a descarga depois de ir ao banheiro, a atriz entra e cheira. Senta-se no bidê e deixa o perfume da urina se espalhar na sua mente. Fica muito tempo ali respirando, trancada, com a cabeça enfiada na privada. Esse cheiro químico acalma o medo que ela às vezes sente pela saúde do menino.

Aperta o botão da descarga, vê o líquido amarelado ir embora e sai. Anda pelo corredor, tirando as roupas e deixando-as jogadas pelo caminho. Chega à cozinha completamente nua. A pele da barriga um pouco flácida, como se destacada do abdômen, como se pertencesse a outro corpo.

Enquanto comem, a atriz olha para a cicatriz de infância na sua mão. O marido fala, diz coisas que ela não se preocupa em entender. Ela o vê mexer os lábios, gesticular, se envolver em declarações sobre o tecido social e o apocalipse iminente profetizado por biólogos e intelectuais. Blá-blá-blá-blá.

Do que esse cara está falando? Não consigo acreditar no que ele está dizendo. Mas quem foi o mentor do meu marido? Mussolini? Por que ele se importa se os refugiados podem ou não vender bugigangas na rua? A cicatriz da queimadura produz nela um sentimento de rejeição pela sua mãe, como se o eco daquela dor viesse do passado. Respira fundo e pensa em como continuar amando uma mãe dessas, que ela verá amanhã, e *rezemos para todos os santos que ela esteja vestida, que não fale mal do meu pai, que não vire contra mim tudo que eu falo, que não flerte com meu marido, que não interfira na educação do meu filho, que não se exceda, que não fale mal do meu irmão.*

O mau gosto do bom gosto

Quando o menino já morava com eles havia quase um ano — estavam nos ensaios finais de A *voz humana* —, a escola preparou as viagens de fim de ano e ele foi para um acampamento na cidade de Nono, passar um fim de semana. O advogado relutou mais do que a atriz em deixá-lo ir acampar sozinho, sendo tão recente sua chegada à casa, mas ela o convenceu de que eles tinham um filho muito mais esperto e forte do que os demais.

O advogado e a atriz não ficavam sozinhos havia muito tempo. E não exatamente desde a chegada do menino, mas desde que tinham tido a ideia de adotá-lo.

Na semana que antecedeu o acampamento, enquanto compravam os itens de que o filho precisava, eles fantasiaram um pouco sobre sua vida anterior. De antes do menino, quando contratavam acompanhantes que valiam seu peso em ouro para sessões de BDSM em que a atriz via o advogado sofrer e transar com outro. Enquanto assinavam autorizações escolares e arrumavam a mochila, nutriram-se outra vez de um ideal de vida de adultos, com suas permissividades, suas vias de escape, suas substâncias e excessos. O descaramento, a sujeira de uma paixão. E, para a atriz, não era pouca coisa se alegrar com o reencontro. Executava um grande trabalho para fazer funcionar a máquina do desejo, que estava enferrujada e descalibrada pela homossexualidade do seu marido. Ou pelo menos era nisso que ela escolhia acreditar. Todas as manhãs se lembrava: *Sou casada com um viado que se excita mais com o venezuelano com o maxilar deformado pelo ácido hialurônico do que comigo.* Ela registrava cada inflexão, cada viadagem, e se perguntava como tinha acabado num cenário tão estranho, com um marido desses. Será que o menino tinha chegado para lhes dar a oportunidade de se justificarem um para o outro, porque não sabiam dizer de que material era feito aquele amor? Diante da oportunidade proporcionada pelo acampamento, ambos se procuraram com um deleite confuso. Isso lhes deu esperança, que é exatamente o que não se deve ter num casamento. Eles cozinhariam, à tarde convidariam amigos para fumar maconha e ouvir música, talvez depois saíssem para tomar uns drinques. E transariam uma, duas, três, quatro vezes. Tantas quantas o viagra permitisse.

A atriz se trancava no camarim para assistir pornografia amadora argentina e seu apetite sexual aumentava.

O advogado relaxou. Sabia que a sildenafila não o abandonaria. Foi a um empório sofisticado e trouxe vinhos, queijos e picles, anchovas e pães de ervas finas. Ela achou um exagero. Algo muito comum nele, aquela ostentação com que vivia, o fedor que exalava da elite a que pertencia. Também havia comprado uma garrafa de Glenmorangie, e quando a tirou da sacola seus olhos relampejaram com sarcasmo, algo que ela não deixou de registrar. Já estava ficando farta do seu bom gosto em relação às bebidas e a tudo mais. A atriz achava que o marido também era vulgar, embora ele concedesse essa virtude apenas a ela, por ser filha de camponeses e de pele morena.

Ao vê-lo chegar tão cheio de luxos, ela confirmou que não treparia no fim de semana e desistiu de impulsionar a sexualidade do seu casamento. Foi uma pontada. Uma mordida de decepção. Retirou-se daquela paisagem onde ambos se gostavam como desconhecidos e se dedicou a contemplar o esnobismo do marido, que também era o seu, mas é claro que não o exibia da mesma forma.

Eles marcaram com os convidados às oito da noite e pediram que fossem pontuais.

A atriz já sentia como o entusiasmo do início se transformava num dramalhão.

Durante a tarde, o marido desapareceu por algumas horas, e ela, que afundava em previsões agourentas, percebeu que os planos sociais não eram saudáveis para ninguém. Sua empregada travesti cozinhava e a olhava de soslaio de vez em quando. Como se a culpasse por seu mau humor se derramar sobre um suflê de aspargos que se recusava a crescer. O vestido da atriz começou a ficar molhado nas costas por causa do suor e dos nervos, que já a estrangulavam de impaciência. Levantou-se da poltrona onde fingia ler, perturbada por suposições, e fez das suas conjecturas uma dolorosa certeza. O marido estava com o venezuelano. Não na academia, nem correndo no parque. E sim no apartamento sem móveis com seu venezuelano abobalhado. *Você está trepando com aquele pão chocho e embolorado, seu filho da puta.* Tirou da adega todas as garrafas que ele tinha comprado para aquela noite e as espatifou uma a uma contra a parede da cozinha, deixando a superfície jorrando cabernet sauvignon. Pegou o bendito uísque de bilhões de dólares e o arrebentou no chão. Em seguida, tirou do balcão da cozinha a xícara em que o marido tomava café todo santo dia, um presente dado a ele por um lendário ex-namorado quando se formou advogado, e também a estourou no chão.

— Aqui está sua reunião com os amigos.

A empregada travesti não tirava os olhos da sua tarefa. Ela a ouviu gritar, chorar, se lamentar como a personagem de A *voz humana*, mas continuou prestando atenção no seu suflê.

A atriz foi até o quarto, e de uma parede arrancou um porta-retratos com uma foto que haviam tirado na casa de Frida Kahlo e o espatifou no chão, e depois jogou as roupas do marido pela janela. As camisas Yves Saint Laurent e Key Biscayne, os ternos Ralph Lauren, as sedas, as gravatas, as roupas íntimas de velho endinheirado. Voavam como sacolas de plástico. Não deixou uma única cueca nas gavetas, nem um par de meias. Roupas esportivas, casacos, lenços, tapa-sexos e boxers com transparências. E ainda assim não se acalmou, e continuou a jogar no chão tudo o que era vidro ou porcelana, o que explodisse em pedaços: cinzeiros, copos, xícaras, pratos, vasos, abajures, suvenires de viagem, toda a casa quebrada por dentro, uma e outra vez, exceto o quarto do filho. Sem perceber, as lascas haviam se enfiado nos seus pés descalços e nas suas mãos. Como ela ficou satisfeita quando percebeu que não haveria reunião naquela noite. Que eles ficariam sozinhos, apesar dos estragos.

Depois disso, a empregada travesti a amaldiçoou porque agora tinha que limpar o chiqueiro feito por causa do caprichozinho da patroa. A empregada travesti que cuidava do filho melhor do que ela. Que vergonha vê-la chorar porque o advogado tinha saído por um momento para ser comido por um idiota, porque não suportava uma louca daquelas.

— Não se faça de vítima. Ele não está fazendo nada de mal.
— O que você disse?
— Não se faça de vítima.
— Não me chame de vítima. Me chame de qualquer coisa, mas não de vítima.

— Olha a bagunça que você acabou de fazer. E quem tem que limpar sou eu.
— Não limpe! Se você não quiser limpar, não limpe!
— Você gosta de se fazer de vítima até o último momento. Mas a gente não está no teatro.
— Você adora ficar do lado dele. Você fica feliz quando eu sofro por ele.
— E sim... Não vou mentir pra você. Eu te avisei. Não se case.

Quando ele voltou, encontrou-a de quatro recolhendo os cacos de vidro e colocando-os em papel-jornal ao lado da empregada, que, claro, era fiel a ela.

— Não se preocupe, foi algo artístico. Um happening. Como um para-raios — disse, chorando.

O marido ligou para seus amigos e para os amigos dela e se desculpou dizendo que queriam ficar sozinhos, que tinham percebido isso naquela tarde. Que os drinques e a conversa jogada fora estavam cancelados. Os amigos disseram *claro, é compreensível, sim, não tem problema,* e certamente os xingaram por cancelar tudo em cima da hora. *Eles brigaram. Ela deve ter tido algum ataque de ciúme e eles brigaram.*

Eles levaram o resto do fim de semana para limpar o apartamento e conferir tudo uma e outra vez para se certificar de que não havia cacos no chão que pudessem se cravar nos pés do menino. Depois, ele examinou com toda a atenção os pés e as mãos da atriz.

Nada para quebrar

Enquanto estão jantando, depois dos aplausos e da algazarra do seu público, depois de ter partido o coração do diretor de *A voz humana*, depois de um louco ter cuspido na janela do carro em que ela voltava para casa, a atriz elucubra um castigo para o marido.

Ele se envaidece por cozinhar tão bem e elogia a farinha que trouxe da Itália quando foram ao Festival de Veneza para a estreia de um filme em que ela interpretava uma dançarina junkie de um bar do Sul.

Outra vida, outra atriz, outro advogado. Eram outros anos.

Ela sente dores no quadril, na região em que se bateu durante a apresentação. Como um remorso, quando menos se espera. Ela vai castigá-lo de alguma forma, vai dizer *surpresa, surpresa* e, zás!, vai se vingar e retaliar pela chupada no pescoço.

A sala de jantar é espaçosa, uma mesa de resina e cadeiras confortáveis com o espaldar bem alto, estofadas em veludo azul-elétrico, um lustre que mal ilumina os pratos, o jarro com água, a garrafa de vinho, a mão da atriz, sua cicatriz, o cenário do mo-

nólogo do marido que sacrificou as horas depois do trabalho para lhe fazer um agrado. Quanta dedicação e abnegação.
— Hoje à tarde eu me encontrei com o venezuelano.
— Ah, então é por isso que você está com essa chupada.
O advogado cobre o pescoço com a mão, constrangido, mas do lado errado.
— Eu precisava disso.
— Do que você precisava? Do venezuelano?
— Não, do sexo.
Ela sente uma pontada de ciúme. Sorri.
— Não é do sexo, a gente trepou hoje de manhã. Deve ser de outra coisa.
Em seu íntimo, o sofrimento. Seria preciso bater nele para que aquela cena tivesse o mesmo valor para os dois. O preço dramático desse pastelão que ambos protagonizam.
Continuam frente a frente à mesa. Ela parece uma travesti feliz, alguém que não pode reclamar de nada. Está satisfeita com sua performance, é uma personagem sólida que suporta um casamento em que tudo é falado e discutido. Ela sabe que não é singular. Quantas vezes viu no cinema donas de casa mergulhadas na amargura? *Madame Bovary sou eu*, disse Flaubert. E Mrs. Dalloway? Sabemos que não é única, que enquanto a domesticação está acontecendo lá fora há milhares de mulheres olhando para a sua relação com o mesmo inconformismo. Que atriz se conforma? Quem suporta um privilégio por tanto tempo? Em suas veias circula um apetite criminoso, seu sangue irriga uma matéria escura, distribui para os órgãos seu desejo oleoso. O advogado ainda não decifrou por onde escoam suas artimanhas. Não tem consciência do teatro que acontece todos os dias na sua família, o drama que atravessa a cama, a cozinha, os voos para a Europa e os jantares em restaurantes da moda. Ela é uma personagem que não demonstra ciúme ou raiva pela marca de um

amante no pescoço do advogado, nem o desejo de dormir no sofá que de repente sente naquela noite. Ela age como uma esposa que nunca agradecerá o suficiente por essa vida doméstica. Mas, assim como no teatro, um monólogo paralelo acontece enquanto finge ser outra. Pensa no cheiro penetrante dos perfumes masculinos que sempre aderem às roupas como uma maldição, e pode até imaginar o perfume do venezuelano no corpo do marido. Aquele viadaço. O fogoso marido gay.

Por que esse imbecil traz à mesa essa confissão na qual já está embutida sua sentença? Ele não sabe calar a boca. Pensa que pode falar de tudo. Como detesta a incapacidade do marido em guardar silêncio!

— O estúpido acha que a palavra ilumina alguma coisa — confessou ao seu analista durante uma sessão de quinze minutos. Quinze minutos de reclamações sobre o marido. O analista caiu na gargalhada ao ouvi-la.

O marido continua com suas historinhas judiciais. Também lhe conta das exigências do colégio do filho, como seu carro ficou bom depois que saiu do mecânico. Ele sugere sair relativamente cedo no dia seguinte, para que cheguem à casa do sogro um pouco antes da hora do churrasco.

— Está animada pra ir?

— Não. Mas depois que a gente chega lá fica mais fácil.

— Está pronta pra comilança?

Ela olha pelas janelas do seu apartamento e para de prestar atenção nele. Não responde. Só mastiga e contempla as luzes da cidade. Um sedativo em meio à sua tempestade de ciúme.

Terminam de comer instalados num desconforto muito familiar. Como se houvesse migalhas de pão nas cadeiras forradas de veludo. Eles nunca podem jantar em paz, sem medo de serem queimados vivos ou de se verem como velhos em frente à TV. Sempre eretos, mantendo a altivez, cravando os talheres na porcelana, fazendo os anéis tilintarem na borda dos copos, derramando algo na toalha de mesa que depois jogarão fora pois há manchas que não saem.

Ele se retira, acuado pelo mau humor silencioso da esposa. Vê-se que a personagem da travesti feliz tem seu calcanhar de aquiles. Ela enfia os pratos na máquina de lavar louça enquanto ele toma banho. Está farta dele, se arrepende de ter dito que queria ir para a casa dos pais e de acreditar que isso não lhe custaria muito caro. Não agora, mas dentro de uma ou duas semanas seu corpo cobrará o preço. Uma erupção cutânea, uma febre baixa, diarreia, algo vai surgir em troca dessa viagem. Ela odeia que o cara que dorme com ela lhe seja infiel com um tonto que não sabe nem quem é Marguerite Duras, que nunca viu um filme de Pasolini, com tão pouco a dizer, a não ser o que diz com sua beleza. O que eles fazem depois do sexo? Adoram-se em frente ao espelho? Tiram selfies pelados?

A atriz olha para o copo em que o marido bebeu seu vinho e se lembra de quando acabou com as taças, os pratos e cinzeiros do apartamento. Vocifera contra ele aos sussurros. Sua falta de personalidade, aquela maneira de estar sempre confortável em qualquer lugar, de falar para agradar aos outros, de dizer o que os outros querem ouvir, de não saber rir com malícia.

Ele está com medo de sair do chuveiro, preferiria ficar debaixo d'água até ela pegar no sono, sair lentamente do banheiro e deslizar para baixo dos lençóis. Dormir ao lado dela quase sem respirar para não acordá-la. No dia seguinte, antes do amanhecer, vestir-se furtivamente, ir ao escritório ou ao tribunal ou aonde quer que seu trabalho o leve, e deixar que a esposa digira aquela confissão que ele fez durante o jantar, a do encontro com seu amante à tarde. *Por que eu contei pra ela? Por que eu contei pra ela? Por que eu contei pra ela?*, ele diz para si mesmo enquanto se espanta por ter medo da travesti com quem se casou.

Poderia viver sem ela? Sem o filho, sem aquela casa, sem as cenas de pratos quebrados e ciúme que entram pela janela como um vendaval e espalham seus sagrados papéis sobre a mesa? Seria capaz de inventar para si mesmo, na sua idade, uma vida melhor? Vivem tão mal? Ele tem amigos gays que comemoram o aniversário dos seus cachorros e se metem em porões para se submeter a sádicos que os mandam para casa com as costas em carne viva de tantas chicotadas. Tem amigos heterossexuais, da mesma idade que ele, que parecem duas vezes mais velhos. É difícil admitir que, ao lado dela, sua vida parece ter se transformado num jardim botânico, como um labirinto de emoções que nunca sonhou viver.

Ela, da cozinha, sente-se acuada pela memória.
— Prefiro ver seu pai morto. Me desculpe por ser cruel, mas é melhor que ele morra — disse-lhe a mãe certa vez.
Suas tias diziam a mesma coisa sobre os maridos, que desejavam que eles morressem para que pudessem viver em paz. A memória muda e ela se vê adolescente, antes de seus pais se divorciarem. A mãe falava mal do pai, dizia-lhe que ele tinha um pinto muito pequeno e que além disso não ficava duro. Que era humilhante, como mulher, saber que o marido tinha que tomar um comprimido para trepar com ela.
— Sabe como me sinto como mulher? Que eu sou uma merda. Que meu marido não gosta de mim. É isso que eu sinto.
A atriz sacode a cabeça para se livrar dessas lembranças, da indignação da mãe com a impotência do pai. Ela ri dessa grosseria. Que vergonha ela sentia da mãe por dizer aquelas coisas, por expor as disfunções do pai. Quem poderia sentir tesão por uma mulher daquelas? Se ele não podia, ela não o culpava. Às vezes, quando seus pais brigavam, ela cuidava da mãe, que caía em

depressões fingidas, uma e outra vez, para castigar o marido. Ela a consolava, trazia sua comida na cama, fazia o café da manhã, até que a mãe pudesse andar de novo.

Sempre acreditou que o talento da sua mãe como leitora de tarô nada mais era que um talento para fofocas. Não sabia explicar como, em tantas tiradas de cartas que a mãe fez — quando conheceu o advogado, quando se casou, quando decidiu adotar o menino, quando a tristeza e a mansidão a abateram —, ela não foi capaz de ver aquela linha fina e plana que percorria de ponta a ponta o mundo que era seu casamento. Sua mãe, capaz de ver nas cartas o que os outros não conseguiam, nunca a alertou sobre esse sentimento. E, se percebeu, resolveu calar a boca. Pois preferia que o advogado cuidasse da filha. Pois precisava se livrar dela e que alguém assumisse o comando, que alguém a manipulasse melhor.

Nas imagens das cartas, você nunca viu meu apartamento, que era como uma sala de cirurgia? O bisturi do marido, a unha muito fina com que abria a única coisa que ela mantivera fechada por décadas, que era o amor?

Ela mentiu, ficou calada ou simplesmente era cega para o futuro. Pois na verdade sua mãe, mais até que ela, era doente por protagonismo.

Os rituais antes de dormir: tira a maquiagem, lava o rosto, passa o tônico, o sérum, o creme antirrugas, passa fio dental, escova os dentes, passa enxaguante bucal, faz xixi, lê sentada no vaso sanitário, se esquiva do marido no banheiro. Toma um banho demorado, pode passar dias inteiros embaixo d'água, enquanto o marido está com seu afeto na cama. Quando ela diminui os ruídos de seus rituais, ele lhe pergunta:

— Como foi a apresentação hoje?

Ele lança aquela garrafa ao mar, sabe que a esposa gosta de se gabar das suas atuações no palco, algo que de repente fez bem. Mas ela não responde, não diz nada. Volta nua do banheiro para a cama e ele fica excitado ao vê-la. Ele não sabe se é o medo, ou se é o ciúme dela, ou as lágrimas que viu contidas nos seus olhos quando lhe contou sobre a chupada, mas está com tesão. Sente como seu sexo se umedece com algo untuoso e lubrificante, apesar de ter ficado exausto da trepada com o venezuelano. A atriz o ignora e procura na HBO um filme para assistir enquanto adormece, outra coisa que o marido odeia, dormir com a televisão ligada. Ela não se decide por nada, e o marido agradece secretamente quando a vê desistir da busca e desligar a TV. Ele se sente exultante, quer trepar com a esposa, fazer algo bem, se comportar como um homem, aproveitar o impulso sem a ajuda de uma pílula.

Ele gosta do corpo da esposa. E não é exatamente seu corpo, mas o que esse corpo lhe oferece, a inteligência, as horas de conversa, o riso durante o sexo, o jeito de estar na casa, seu bailar, a dança com que ela o seduz quando estão empenhados em gostar um do outro. O corpo dessa travesti que subverteu para sempre seu jeito de desejar.

Sob os lençóis, o advogado fica duro e cresce, apesar do quanto lhe custa ter uma ereção por um corpo feminino (ou feminilizado). Ele se descobre na frente da esposa. Gosta dela com raiva, com ciúme, arisca e má. A atriz está cansada, é verdade, mas quando o vê, a necessidade da pele do marido, dos seus braços, é mais forte, e ela monta nele com um único movimento, assim como está, cheia de creme, como recém-envernizada. Eles se tocam por muito tempo, ele dá palmadas na bunda dela, e a atriz se contorce enquanto ele chupa seus mamilos e os mordisca. Ela lambe os lábios do marido, ainda reverberando a penetração do diretor há algumas horas no seu camarim, ainda sentindo-o ali embaixo. O advogado tira um lubrificante com óleo de cannabis e calêndula de uma pequena gaveta da mesinha de cabeceira. Enquanto ela se esfrega contra seu pau surpreendentemente duro como uma pedra, ele mergulha os dedos no óleo, pega um pouco e o esfrega no cu da esposa até que fique líquido. Escuta-se o murmúrio de todas as sacanagens que se dizem no ouvido.

— Você quer a pica do viado?
— Não, o viado tá com cheiro de venezuelano escroto.
— Vamos lá, deixa eu te comer e te encher de porra.
— Não, você não merece.

As reclamações, a ladainha de censuras que ela dirige a ele. Com um único movimento, ela o faz entrar um pouco além da glande, apenas para senti-la, oleosa, enquanto seu pau balança no ventre dele e o molha como um caracol que rasteja.

— Como você tá quente — diz o marido, sentindo em volta da pica o calor da pele que ele penetra.

Ele empurra com força para meter nela completamente, e a atriz sente muita dor, como se uma porta tivesse sido fechada no seu dedo. Acha que sua pressão baixou, vê pontinhos brilhantes. De raiva, dá um tapa nele. Também com um gesto, tira-o de dentro dela e o vira de costas. Afunda entre suas nádegas com a língua.

— É disso que você gosta, né?

De repente, ela o monta como um animal e o penetra. Por dentro, ele também está quente.

Quanta suavidade. Ela só tem um pensamento. Ainda não gozar. Permanece dentro do marido. Ela o umedece com sua saliva, uma e outra vez, não para de umedecê-lo enquanto o balança, para a frente e para trás, para a frente e para trás, com a força dos seus braços travestis.

— Você já soltou seu leitinho?

— Não, ainda não.

Ela fica um pouco nauseada com o cheiro de merda que vem lá de baixo, porque o marido não teve o cuidado de se higienizar bem. Ela é forte, pega-o pela cintura e o cola contra si. Ela avisa que vai gozar. *Por favor, goza*. O advogado começa a se masturbar, de bruços. Ela se gruda nele, pelas costas, e o mordisca; agora por fim ele tem cheiro dele mesmo, e de merda e do sabonete artesanal com que se lavou. Ele, contra a cama, abre um pouco mais as pernas e levanta os quadris enquanto a pega pela bunda e a obriga a meter mais fundo. Ele se masturba até deixar os lençóis molhados.

Colada ao ouvido dele, ela vai perdendo os sentidos enquanto mete com força e goza dentro dele. Ele semicerra os olhos, porque também há dor e um pouco de vingança.

Dormem assim. Sobre a poça da sua felicidade.

Por volta das duas da manhã, em meio ao cheiro acre que seu corpo exala, ela acorda com o barulho do elevador. O marido dorme coberto por um lençol. Enquanto ela dormia, ele foi ao banheiro, se lavou e vestiu uma cueca. Isso a incomoda. É algo que ele faz todas as vezes, lavar-se depois de trepar com ela, como se não suportasse o lado humano do prazer. Ele argumenta que gosta de dormir limpo. Que não gosta de sujar os lençóis. Ela não se importa em manchar os lençóis. Mas o marido é um bom menino, que aprendeu em casa com a tia lésbica e celibatária a não deixar vestígios da sua sexualidade.

Ela se levanta devagar, sem se vestir, e sai do quarto sem fazer barulho. Vai até o quarto do filho, que dorme de porta fechada, e o silêncio infantil a tranquiliza. Percorre às cegas o apartamento iluminado apenas pela noite da cidade e se dirige à porta. Abre, anda bem devagar pelo corredor, desce a escada de emergência com seu coração delator retumbando nas paredes do prédio, completamente nua e pegajosa pelas escadas de madeira escura e os corrimãos de aço, atenta ao barulho dos outros apartamentos. Desce um andar e chega ao local em que ouviu uma porta batendo há pouco. Nesse apartamento mora um advogado solteiro. O marido o conhece por cruzar com ele nos tribunais ou nas votações da Ordem dos Advogados. É um cara na casa dos trinta, corpulento, que nos últimos meses começou a ficar grisalho, e isso combina muito com ele.

    Ela cola o ouvido na porta. Lá dentro, ouve-se uma mulher gemendo e também o vizinho. Ela se agacha e, pelo buraco da fechadura, o vê nu, sentado numa cadeira, com as pernas abertas, e à sua frente uma loirinha muito magra, ainda vestida, ajoelhada e fazendo sexo oral nele.

    A atriz se põe de cócoras bem em frente à fechadura e vê como um heterossexual comum vive o sexo. Não é nenhuma novidade para ela. Sempre soube o trâmite sem sentido que a sexualidade é para eles. E para a amante também. O teatro com que ela tenta consolá-lo com algo, toda a gestualidade aprendida com a pornografia e as exigências masculinas, os gemidos de gatinha louca com os quais ela parece lhe dizer quão bom amante ele é, como ele a come bem, como ela o sente dentro dela e como o pau dele é grande. A atriz está excitada com esse alimento para o seu voyeurismo, é gostoso estar ali, mas não pode deixar de se divertir vendo como os homens transfóbicos dos quais ela tanto gosta são chatos na cama.

    Enquanto volta nua para o seu apartamento pelas escadas de emergência, assim que os suspiros no apartamento do vizinho terminam, ela se lembra de que há um homem na cidade que está pensando no seu corpo, no seu cheiro. Há um homem com o qual pode falar sobre coisas que não germinam no seu parceiro. Que só de vê-la já fica duro e quer comê-la na hora. Há um cara, num apartamento muito distante de onde ela está agora desembaraçando os fios do seu casamento, que se lembra dela não só pela ferocidade em *A voz humana*, mas também pelos momentos em que ambos se embolam no tapete de ioga no qual ela se alonga depois da peça, ou no sofá, ou em hotéis aos quais vão com óculos escuros, em horas improváveis, para que ninguém desconfie. Ela ignora que o combustível para o ego do diretor vem de si mesma, de ter entre as mãos seu corpo nu, com suas dobras, sua maciez, tudo o que a envergonha em si mesma e que habilmente esconde dos outros. Ela não tem ideia, não sabe nada sobre o que legitima ou não nos seus amantes. Mas ela sabe que, enquanto caminha nua na ponta dos pés pelos corredores do seu prédio, o diretor está tomando uma taça de vinho, escutando um vinil de Miles Davis que se assemelha muito ao seu desejo, lamentando-se por ela.

Estrogênio, mon amour

Ela teve de se construir numa época em que a reflexão sobre o corpo das travestis admitia discrepâncias, diferentes formas de habitá-lo. Não foi assim para as que a antecederam. Mas agora, para uma garota com seu dinheiro, não custava absolutamente nada ser como queria ser. As cirurgias, os tratamentos, os hormônios, a atenção obsessiva aos detalhes da sua masculinidade não significavam nada. Eram gestos vazios.

Quando começou a tomar hormônios (algo que suas mentoras travestis não aceitavam, por ser um processo longo e ineficaz), a atriz sentiu uma espécie de fratura entre o seu desejo e o mundo. Parou de pensar nos corpos dos homens. Já não se aproximava deles cega de paixão. Esse foi o presente que o estradiol e o acetato de ciproterona lhe deram.

O estrogênio, além das suas revelações femininas, também significou uma tristeza enorme para seus amantes. Era uma verdadeira tragédia não ter mais ereções. Ou que estas fossem cada vez menos previsíveis, sem fórmula. Eles não queriam deixar de ser penetrados por ela ou de praticar sexo oral nela. Era parte do atrativo de se envolver com uma travesti. Não estavam procurando um corpo passivo. Ela tinha de ser ativa. Para o resto, para serem penetradas, havia as mulheres, as vaginas das mulheres. Mas ela não tinha controle sobre suas ereções; estas eram diferentes com cada um, dependiam do ciclo hormonal. Às vezes, tinha de pedir desculpas por não conseguir manter o pau duro.

Não que sua libido tivesse diminuído, mas se recluía. Era preciso ser muito inteligente, muito habilidosa com as mãos e com as palavras para encontrar essa brasa acesa que se alojava em algum lugar do seu corpo, protegendo-se do que um cara podia fazer com uma travesti como ela.

O único que a desejava assim, o único que conseguia tocar o que resplandecia do seu desejo, era o diretor de A *voz humana*. Ele não se importava se a atriz tinha ereções ou não. Não dava a mínima para isso. Não que ele não a tocasse, que não a masturbasse enquanto a penetrava, nem que se sentisse rejeitado pelo pinto da atriz. Não. Mas isso era o de menos.

— Posso te perguntar uma coisa? — Depois de se pegarem no camarim, o diretor quis saber.

— Com que pergunta ferina você vai me esfriar agora?

— Por que você não goza quando eu te como?

— Não se preocupe com isso. É o estrogênio...

Era uma questão de confiança. O diretor imaginava que a atriz não era daquelas garotas que dizem se divertir quando não estão gostando. Ela era a primeira travesti com quem ele trepava, e, desde a vez no banheiro de um avião do Panamá para Guadalajara até os dias atuais, nenhuma outra, com vagina ou não, lhe dera tanto prazer e o excitara tanto. O diretor sonhava com aquele cuzinho macio e escuro, com seu jeito de dizer textos impossíveis no palco, como se estivesse conversando com as amigas; ansiava por tê-la enrolada nas suas vestes de seda, seus quimonos, com os seios sempre a ponto de insultar alguém mais escrupuloso. Ele a queria para si. E ela encontrava naquela masculinidade um refúgio do refúgio que havia construído para a sua vida.

Não vou conseguir te comer, tinha dito ao advogado naquela noite no bar de jazz. Às vezes ela também tomava viagra *para deixá-lo tranquilo.*

Logo descobriu que conseguia se afastar do estrogênio. Embora seu endocrinologista lhe tivesse dito para não fazer isso. Que seu corpo ia sentir. No início, as pausas eram mais longas, dois ou três meses sem aplicar o adesivo ou gel nem consumir ciproterona. O desejo voltava, ela acordava com ereções. E ela chamava o marido e fazia tudo aquilo que ele exigia do venezuelano, mas ainda melhor.

Ah, a pior travesti da Argentina, como ela sofria para organizar sua vida assim! Um trabalho de pastora nos seus hormônios para que o marido ficasse satisfeito na cama. E ele continuava desejando aqueles novinhos feitos de músculos alimentados por estanolona. Contra isso, ela nada podia fazer.

Depois que ficou pronto o quarto imundo onde ela interpretaria *A voz humana,* o diretor ligou para ela.

— Tenho uma surpresa pra você. Venha ao teatro o mais rápido que puder.

— Agora?

— Sim, tem que ser agora.

— Estou indo ao pediatra com meu filho, depois vou levá-lo ao kung-fu e então eu vou aí.

— Te espero aqui.

Depois de uma hora e meia (o diretor já tinha tomado um cantil inteiro de uísque), a atriz entrou no teatro onde iriam estrear. Enquanto avançava e olhava para o palco, o sangue começou a correr frenético nas suas veias. Era assim que sentia a alegria, como uma onda de calor. O cenário era exatamente como ela imaginava desde que era uma jovem atriz que sonhava em fazer do seu prestígio uma obra de arte. O diretor cumprira todas as suas promessas. Ele não mentira quando disse:

— Vai ser muito parecido com o set em que a Anna Magnani atua.

Um desejo que se realiza pode nos fazer tão ingenuamente felizes quanto o amor.

Ela imaginou: *Aqui é tal texto, aqui é onde eu me contorço, aqui é onde eu mancho a camisola.* Podia se ver tropeçando naquele pequeno mundo que o diretor havia feito para ela.

Subiu ao palco e ele se aproximou com a voracidade de sempre, a cara esperançosa por ter feito algo bom por ela. Não poderia lhe fazer uma declaração de amor maior. A atriz atravessou o autêntico tapete persa, entrou no banheiro sorrindo satisfeita, sem falar com ele, mas com uma felicidade tão grande que tocava todas as coisas do cenário. Cruzou à sua frente e, quando estava descendo as escadas para voltar para casa, o diretor a deteve com uma única frase. Pediu:

— Não desça as escadas.

A atriz desceu o primeiro degrau e olhou para ele desafiadoramente.

— Fique aí.

A atriz desceu mais um degrau e sorriu para ele. De um salto, o diretor foi para cima dela e a forçou a subir.

— Eu falei pra você não se mexer.

— Tenho que voltar pra casa.

— Primeiro me diga se você gosta da cenografia.

Começou a beijá-la entre os seios.

— Não.

— Você está mentindo.

Ele lhe deu uma palmada na bunda, subiu seu vestido forcejando, virou-a e a obrigou a se apoiar na cama desarrumada. Ele a derrubou para farejá-la inteira. Ela cheirava a outra espécie. Desde que se tornara mãe, tinha outro cheiro, que não o repelia, mas o lembrava da vida à qual não tinha permissão de entrar. Seu perfume não era mais poderoso, não o surpreendia exalando enquanto dirigia ou se encontrava com este ou aquele tradutor. Seu perfume não era matador como antes, mas ele gostava da mesma forma. Queria pertencer a ela. Queria ser alguém para ela. Desde que a conhecera até aquele dia em que lhe apresentou a cenografia na qual se envolvera ainda mais que na sua atuação (amava-a o suficiente para saber que tinha de deixá-la atuar e nada mais), desejava fazer parte da sua vida. Ela também alguma vez esperou um passo que ele não deu, um gesto que ele não fez, algo que a forçaria a se afastar da sua prisão. Pular nos seus braços. E isso não aconteceu. Parecia uma paixão libertadora, até para o casamento da atriz. Mas, por trás do ardor, só havia dois corações covardes e domesticados.

O diretor chorou quando foi publicada uma foto dos dois se beijando no canto mais escuro de um bar. Imaginou como o julgavam por dormir com uma travesti, as fofoquinhas entre atores e colegas com quem havia trabalhado, toda a sua masculinidade pagando o preço de ser amante dela. A atriz, por outro lado, se refugiou no advogado manso que a recebeu sem reprovação, no seu filho adotivo que a amava mais a cada dia, e entendeu que as coisas eram como eram. Que sua vida era aquela.

No entanto, no dia em que transaram na cama desarrumada de A *voz humana*, algo nos dois supôs um ponto de inflexão. A partir de então, deixou de ser uma paixão controlada.

O diretor a comia com todo o vigor, se esforçando muito para lhe dar prazer, para enlouquecê-la com o batizado do cenário, quando um sentimento imprevisto congelou seu ritmo. Ele saiu dela de repente e ficou de pé, com a calça nos tornozelos e a camisa aberta, o pau apontado para cima com suas saliências violeta, e parou para observar os detalhes do lugar. As cortinas tinham custado uma fortuna e eram muito antigas, estavam amareladas em alguns pontos, comidas por traças. Parecia o cortinado de um teatro abandonado em Tchernóbil. A colcha era em preto e branco, bordada à mão. A atriz permanecia deitada com o vestido na cintura, as pernas abertas, os sapatos ainda calçados, recuperando o fôlego depois da primeira rodada. Ela o viu com as mãos na cintura, os olhos brilhando.

— Tudo isso está fodendo minha vida.
— Não faça uma cena agora. Tenho que voltar logo pra casa.

Ela fez um beicinho, e com a ponta dos dedos dos pés o chamou.

— Eu não quero que você vá pra casa.
— Pra onde você quer que eu vá?
— Não volte pra casa fingindo que nada está acontecendo. *Outra vez a ceninha de por que você não olhou pra mim hoje. Outra vez a lamúria pelo olhar perdido. É tão inútil que estava se divertindo e teve que estragar tudo.*
— Não finjo. Não está acontecendo nada mais que isso.

Ele pulou na cama e a penetrou de novo depois de tirar a camisinha, e sem que ela tivesse tempo para se recuperar da brutalidade com que a penetrou deu-lhe uma bofetada que não fazia parte do jogo. Ela se assustou e tentou se safar do seu corpo, mas ele a segurou e gozou dentro dela. Depois, sentou-se numa cadeira da qual pendiam uns vestidos vintage e chorou. Sua boca tremia. Nunca sentira tanto medo na vida como agora que tinha batido nela.

Ela se limpou com a colcha, pôs novamente a calcinha que encontrou perdida debaixo de um travesseiro e foi embora sem dizer uma palavra. Sua bochecha esquerda e parte do seu maxilar queimavam com uma vergonha inédita. Saiu sem se defender, sem chamar a polícia, sem fazer um escândalo. Não estava disposta a suportar o ciúme do marido ou as ligações da sua assistente contando sobre a lista de jornalistas que queriam entrevistá-la para falar sobre a violência na arte.

Que arte, aliás? Que tipo de arte ela estava fazendo? A arte da paciência, a arte de não matar ninguém estando subordinada às ordens de um homem.

Até o dia da estreia — que ela atravessou com uma boa dose de mezcal, claro —, os dois não se falaram. Ele teve que dirigi-la por meio do seu assistente. Todos os ensaios foram assim, com um mediador. Se por algum motivo ele se esquecia do seu castigo e pedia que ela aumentasse o tom de voz ou fizesse alguma marcação de luz, ela simplesmente o ignorava. E repetia o erro até que o assistente falava por ele.

Você vai parir com dor e seu marido é quem vai pagar

Com a chegada do menino, ela abandonou suas artimanhas de manipuladora, mas também parou de desejar o marido.
No início, o distanciamento foi compreensível. Era normal que a atriz não o procurasse como antes, debaixo dos lençóis ou fora deles. Até ele sentiu seu desejo diminuir. Era preciso se ocupar com a medicação do menino, a burocracia que nunca acabava, a vigilância do Estado. Mas a abulia se prolongou e a impaciência cresceu nele. Aquela quinquilharia psicanalítica parecia tão clara: *deseja-se onde não há*. O marido sentia falta do calor da sua esposa travesti, sua *marida*, como gostava de chamá-la. Sentia falta da genitália de índia fogosa que o deixava molhado à noite.
Para compensar o desinteresse da esposa, as coisas entre o advogado e o amante venezuelano fluíram melhor. E o venezuelano, por um tempo, acreditou que havia triunfado sobre o casamento do seu amante. O marido às vezes dormia no seu apartamento e era carinhoso e atencioso com ele.
O venezuelano, encorajado pela doçura com que o advogado o tratava, começou a alardear vitória. Acalentou planos para

quando seu amante se divorciasse, dizia aos amigos que em breve teria um enteado e, certa vez, até se atreveu a lhe dizer *Eu te amo*, embora não tenha recebido nenhuma resposta em contrapartida. Era um moreno lindo, o amante do marido da atriz. Qualquer domesticado teria medo se um tipo assim surgisse como um terceiro elemento no casal.

Às vezes, a atriz conseguia ver a situação com humor e brincava com as amigas.

— O filho da puta come esse cordeirinho, dá pra acreditar?

O venezuelano, por sua vez, acreditou que poderia lidar com aquele infiel, que o domaria à força de arranhões e chupadas. Mas a autoconfiança não foi suficiente, pois o advogado nunca deu sinais de querer deixar sua travesti.

— Mas você é muito viado, não entendo como pode gostar dela.

— Justamente, você não entende mesmo.

Ai! Como o venezuelano sofria com as grosserias, com os cancelamentos, com os encontros às escondidas, com as confissões matrimoniais, com as fugas imediatas depois do sexo. E resistia, porque no tantinho que o advogado lhe dava havia a promessa de um final feliz.

— Não me deixa tocar nela faz meses — disse-lhe um dia o advogado, e ele viu como seus olhos se enchiam de lágrimas.

Quando foram juntos para Salvador da Bahia, os amigos fizeram uma corrente de oração, ajoelharam-se diante de velas de amarração e ofereceram pequenos sacrifícios a um retrato de Lady Gaga. Para que algo melhor acontecesse com seu amigo venezuelano no exílio, para que o advogado se divorciasse e formalizasse uma relação com ele.

A atriz, como uma abelha-rainha, sentava e lixava as unhas, muito segura de quem dominava naquele casamento. Se quem ama mais é quem sofre mais, então ela estava tranquila, conhecia a medida do seu amor. Dedicou-se a conhecer o filho recém--chegado, a contar-lhe histórias até os dois adormecerem, e não se lembrou da ausência do marido. Ficou uma semana em casa, sem trabalhar, com o menino no colo, carícia atrás de carícia, história atrás de história, remédio atrás de remédio. Foram ao cinema e depois saíram para lanchar nos bares da cidade, visitaram amigos, passearam sob as flores dos ipês-roxos que caíam como neve colorida nas calçadas do bairro, e à noite assistiram aos filmes de Miyazaki deitados no sofá.

Os filhos também ditam a vida dos pais.

E, como profetizou a mãe da atriz num dos muitos encontros nos quais debateram o interesse amoroso do advogado, o infiel se cansou do venezuelano. O rapaz era jovem, não tinha amarras sentimentais com ninguém. Queria mostrar-se em público, apresentá-lo à família e aos amigos. Queria formalizar o relacionamento, que se divorciasse. Ele o queria todo para si.

— Você quer dar uma de macho, o pai de família, ter uma mulher na sua casa.

— Sim, é isso que eu quero.

— Mas você tem aquela travesti que só te trata mal.

O advogado ficou com medo e se afastou sem dó nem piedade. O venezuelano se ofendeu, contou-lhe suas mágoas, insultou-o, e, quando percebeu que também não era essa a forma de conservar o advogado, simplesmente se recolheu, descansou e esperou que o procurasse. Sabia que ia voltar.

O advogado, como um filho pródigo, voltou para a esposa, que só falava do filho e, em raras ocasiões, de A voz humana. E sofreu como qualquer homem que fica desamparado.

Aconteceu então que ela e o marido foram convidados para o aniversário de uma amiga da atriz, uma pianista de jazz muito prestigiosa. O menino foi deixado aos cuidados da avó.

Na festa, a atriz flertou com todo homem heterossexual que podia, claro, e também com algumas lésbicas. Repetiu o costume de provocar ciúme, um costume perdido por causa da maternidade e que agora tentava dominar de novo. Não poupou o marido dos sussurros no ouvido de cada homem que cruzou seu caminho, nem da perigosa proximidade do seu corpo com o deles, nem das danças provocativas, nem dos sorrisos travessos.

A noite piorou quando ela se encontrou com um músico com quem tivera um caso. Assim que o advogado o viu entrar, sabia que as coisas iam acabar mal.

Quando se viram, a atriz e o músico sorriram e, sem nem dizer "oi" um ao outro, se abraçaram, pelve contra pelve.

Sem saber muito bem o que era, o advogado achava que havia algo muito vulgar na sua marida, talvez por ser da serra, uma camponesa. Por ser atriz. Era preciso escavar muito no país para encontrar uma atriz refinada, quase todas eram como ela. Algo nela era de muito mau gosto. Naqueles momentos, a classe dele era mais forte que seu amor. Ainda mais forte que a religião da sua homossexualidade.

O marido cumprimentava os que se aproximavam quase sem olhar para eles. Alguns passavam reto, deixando-o sozinho com sua dor. Sabia-se de tudo na cidade, às vezes tão provinciana. *Esta noite o bicho vai pegar.* Nada escapava à fofoca. *Vamos ver se ela o deixa de uma vez, então todas nós aproveitamos.* A amiga do ex, que saía com o ex da amiga de tal que se casou com tal, que foi casado com aquele, que no início namorou aquela, mas foi infiel com aquele, aí ele começou a seduzir aquela, e assim por diante. Compartilhavam a mesma cepa de HPV. *Ela não vai deixá-lo, o advogado lhe cai bem na foto.*

O guitarrista tocava no cabelo dela e a pegava pela cintura para se aproximar e sentir o cheiro do seu perfume. Mas a atriz estava muito pouco interessada no que o guitarrista dizia ou nos seus movimentos, e muito menos interessada no que ele escondia dentro das suas boxers importadas. O que importava era a linguagem, o que acontecia com a linguagem ali mesmo. O que se dizia com o corpo, o diálogo dos três participando daquela estupidez. Ela se preocupava em provocar ciúme no marido. E este, quando não podia se sentir pior, mais diminuído e humilhado, notou que sob o vestido da esposa pulsava uma ereção incipiente. Ele foi buscá-la com tanta violência que o guitarrista sentiu um calafrio subir-lhe a espinha quando viu aquele minotauro vindo tão determinado para onde eles estavam. O advogado o ignorou e foi direto até a atriz.

— Vamos embora, assim você deixa de fazer esse papelão.

— Por que você diz que estou fazendo papelão? — A atriz resistiu. Saboreava o início de uma cena. O músico jogou uma bomba de fumaça e sumiu da festa.

Ele apontou para a ereção dela, e a atriz corou de raiva. Uma pessoa podia morrer num relacionamento como aquele. Bastava que ele não estabelecesse o limite; ela não se deteria. Ela o destruiria por amá-la daquele jeito. Queria matá-lo dessa forma. Minar cada recanto da sua paciência, sua elegância, queria ficar com seu mundo, com seu espírito, com tudo que participasse do seu modo de amar.

— Por que tenho que te implorar por amor? Por que você me rejeita?

— Como você vai me implorar por amor? Escute a si mesmo. Não quero que isso seja uma história de amor.

— Temos um filho, temos uma casa, o mundo a qualquer momento explode. Por que você tem que ser tão má comigo?

— Sou má porque não quero que você me abrace depois de voltar todo lambido por aquele venezuelano de merda?

— Isso é injusto. Você concordou. Se você me disser pra não vê-lo mais, eu juro que não o vejo mais.

— Não vou te pedir isso. Faça o que quiser. Durma com o venezuelano, faça o que quiser. Me deixe em paz.

— Você é minha companheira, meu amor, não posso te deixar em paz.

— Sim, pode. Mas você não quer que a gente se separe pelo nosso filho.

— Não é verdade... Eu quero ser como sou com você.

— "Eu quero ser como sou com você." Quem escreve seus diálogos? E ainda por cima você exige amor...

Não parou por aí. A atriz comentou o quanto se sentia solitária toda vez que ele se ausentava por noites inteiras. Disse que estava confusa por não saber se tinha um marido ou um amigo, e vomitou que não queria mais transar com ele, que estava com nojo de toda aquela vida que de repente eles tinham construído. Farta do amor, farta dos amigos, farta do sexo, farta das fofocas, farta das pessoas que a odiavam por ser reconhecida, por ter se casado com ele, por ter adotado um filho, farta do veneno que o venezuelano lhe enviava sempre que podia, das mordidas, dos arranhões, dos cheiros no corpo. Farta de si mesma e dos seus acordos. E enquanto dizia isso, ela achava que o marido era o ser mais bonito do mundo. Que se habituara à sua beleza, à sua doçura. Que era verdade que eles se castigavam por terem desejado um ao outro.

Nem ela nem ele jamais imaginaram que o amor pudesse ser tão insuportável.

Ser pai hoje

O marido tinha ficado órfão aos onze anos. Seus pais morreram num acidente no Camino de las Altas Cumbres, nas Sierras Grandes. Ele ficou aos cuidados de uma tia, irmã do seu pai. O menino foi um presente para a sua vida de lésbica solitária que nunca tivera uma companheira, que nunca tinha amado ninguém o suficiente.

— O genro que toda sogra quer ter — dizia a tia, toda orgulhosa.

Ela explodia de contentamento quando via suas notas na escola ou quando ficava sabendo do seu desempenho nos esportes, do seu comportamento na sala de aula, seu companheirismo e sua vocação para a justiça. Um virginiano de A a Z.

Não ficou surpresa quando ele contou que era gay; ela vinha ruminando sobre o assunto e calculava que era apenas uma questão de tempo até que ele florescesse. Depois, aproveitou e se assumiu pela primeira vez na vida: disse a ele que era lésbica, com o pudor de alguém que confessa um crime.

Só então o advogado entendeu o tipo de história escrita no seu corpo.

Formou-se com as melhores notas e começou a trabalhar no escritório de advocacia daquele que havia sido o melhor amigo do seu pai. Logo deu sinais de ser talentoso o suficiente no ofício para levar adiante alguns casos, e então se tornou independente em homenagem à memória da sua tia, que morreu logo depois da sua formatura e que tinha sido como uma mãe e um pai para ele.

Passou muito tempo perdido até ser acolhido por essa outra mãe que teve como esposa. Ela o abraçou, fez seu café da manhã, carregou-o dentro dela sempre que pôde. Teve um filho para ele. Mas também atravessou com sua luz os cantos sóbrios da sua classe, conseguiu fazê-lo rir enquanto trepavam, provocou sua alegria. Havia muitas coisas para se sentir grato.

É assim: basta uma travesti. Uma única travesti é suficiente para revirar a vida de um homem, de uma família, de uma instituição. Uma única travesti é suficiente para minar os alicerces de uma casa, desfazer os laços de um compromisso, quebrar uma promessa, renunciar a uma vida. Basta uma única travesti para fazer um homem chorar, para fazê-lo se sentir uma merda ou um pássaro. Basta uma única travesti para iluminar, engrandecer ou mesmo revelar a criminalidade de um Estado. Basta uma única travesti para que se resolva a orfandade de um menino. O advogado sabia disso.

— Meu marido, o orfãozinho — dizia a atriz às suas amigas quando se referia ao marido.

— O importante é não ter sogra — respondia uma velha travesti muito sábia.

Certa noite, o marido saiu com seus amigos viados. Foram dançar. Convidou a esposa, disse que poderiam contratar uma babá ou chamar a mãe dela para cuidar do menino, mas ela se desculpou dizendo que estava cansada, que no dia seguinte tinha apresentação e devia cuidar da garganta, que ficaria em casa.

— Você precisa de uma boa noite de viadagem, só com seus amigos.

— Com você também podia ser uma boa noite.

— Não. Vai dar pinta por aí.

O marido se vestiu, se perfumou, passou seu creme antirrugas e um pouco de corretivo embaixo dos olhos para dissimular o cansaço de advogado numa noite de sábado e perguntou se estava bem. O filho lhe disse que tinha passado muito perfume, e ela respondeu que ele estava muito bonito. O marido tomou coragem, despediu-se com um beijo na testa do filho, um longo beijo na boca da esposa e foi embora. Ela o viu sair e, antes que ele fechasse a porta, ordenou:

— Não me acorde quando voltar. Nós dois vamos dormir no nosso quarto.

— Entendi, sua malvada.

Na pista de dança, chamava a atenção uma menina muito jovem, uma travesti que deslizava sobre o piso, uns vinte e quatro anos, de Salta, morena, com cabelos pretos lisos, olhos pequenos e altivos, o corpo todo musculoso. Como um duende obscuro posto para dançar no meio de uma multidão alcoolizada. Dançava muito bem e sabia que era observada. Nesse momento, muitos olhos a admiravam. Cheirava cocaína com a unha do dedo mindinho, e o fazia com tanta graça que, em vez de aspirar aqueles pecados, parecia refrescar o rosto. Era muito pequena.

O advogado a identificou na multidão, fascinado pela sua dança. Comentou com os amigos o quanto gostava do jeito dela de dançar e do seu look, do vestido justo e metalizado que usava.

— Ela é muito linda — responderam os amigos em coro e mantiveram para si o resto da frase, que era: *Muito mais bonita que a bruxa amarga que você tem em casa.*

Ele tomou coragem, aproximou-se da dançarina e falou alto.

— Posso te convidar pra tomar uma bebida e dançar um pouco com você?

— Sim, claro — respondeu ela aos gritos também. Gostava de ser desejada, vivia com muita graça o desejo que despertava nos homens.

— Então vou pegar umas cervejas e dançamos. — Quando ele saiu, ela acariciou o peito dele.

Ela o esperou cercada pelos seus amigos, que estavam cheios de opiniões sobre ele. Alguns disseram que era o maior viado do local. Outros afirmaram que era o maior bofe. Não faltou a travesti que disse que já tinha trepado com ele e que não era grande coisa. Mas a ninfa do Norte sabia que sua intuição não falhava e que o gigante que se aproximara dela naquela noite estava procurando um tipo muito claro de amor. Ele voltou com dois copos de cerveja nas mãos, esquivando-se de cotoveladas e pisões na pista de dança, escapando das mordidelas que as bichas sem escrúpulos lhe davam quando passava, e plantou-se muito viril diante dela. Como se não soubesse de cor as coreografias da Beyoncé.

Seus amigos estavam perplexos, olhavam para ele sem entender a cena. Se a travesti acreditava nele, então era tão ingênua quanto bonita. Mas, longe de analisar se aquilo estava certo ou não, se ele era hétero ou não, se isso ou aquilo ou se branco ou se negro, a morena de Salta, sem aviso prévio, foi até sua boca e o desligou não só do murmúrio ao redor, mas também de si mesmo. Na ponta dos pés para alcançar sua língua. Ele recebeu o gosto amargo do seu vício através da saliva.

Deixaram o local sem avisar ninguém. Foram até o apartamento dela. Os amigos ficaram atônitos ao ver que a travesti de Salta levava o marido pela mão, como uma flautista de Hamelin pelos bosques da discoteca.

Uma vez em casa, uma vez no seu quarto, na sua cama, o marido foi infiel à atriz pela primeira vez com outra travesti. Isso era a infidelidade, traí-la com um corpo como o dela, sem vantagens ou desvantagens. Traí-la com outra travesti e, de passagem, odiá-la. Compará-la e odiá-la. Que alívio o marido experimentou ao saber que ia cometer uma traição.

Ele a preferiu submissa, de quatro, arqueando a cintura como no pior filme pornô do mundo, tão disposta e inteira para ele. Durante toda a noite ele trepou com aquela amante casual, a jovem travesti de pele escura, de novo e de novo, por trás, às vezes ela comia ele, às vezes ele comia ela, seus longos cabelos esparramados como um mau presságio nos lençóis cor-de-rosa, a noite toda dentro dela e vice-versa. Em nenhum momento a sombra do outro desejo atravessou seu imaginário, ele não precisou pensar no corpo do venezuelano para manter a ereção, não foi necessário lembrar de filmes pornográficos ou vasculhar na memória a crueza do corpo dos machos que o excitavam.

Que sensação surpreendente e perturbadora!

Ele a penetrava apoiado nas mãos e nos pés, fazendo muita força para sustentar-se naquele ritmo e com aquele nível de energia. Por baixo dele, ela também tinha de fazer muita força para resistir à investida de um corpo que pesava o dobro do seu. Os anos de treino do advogado, kung-fu, natação, crossfit, escalar paredões, o tornaram muito pesado. Ela uivava de dor e de prazer, e cometia todas as trapalhadas que algumas cometem quando querem conquistar um homem. Ela dava demais, dava e dava de si mesma, e não lhe interessava a dor, o estrago dentro do corpo quando ele a comia assim, quase sem lubrificá-la e com tanta força. Num determinado momento, ele perguntou se podia transar sem preservativo, e então ela o tirou de dentro de si, arrancou o preservativo dele e o chupou por muito tempo enquanto enfiava um dedo molhado no seu cu. Era desesperador sentir a suavidade da sua boca, a careta que aparecia no seu rosto. Cansado das suas atenções, ele a virou, pôs a mão na sua cabeça para imobilizá-la, e ela levantou os quadris para se entregar ainda mais. Com as duas mãos, a garota de Salta abriu as nádegas, enterrou o rosto no colchão e deixou-se foder, impedida de qualquer movimento e ainda assim achando delicioso.

Depois de se abandonar na cama, adormeceu, cheia de esperma, com ele ainda dentro dela.

Dormiram algumas horas e acordaram para mais uma trepada, menos apaixonada, muito mais lenta, porém doce, cheia de cansaço. Para o café da manhã, a amante fez guacamole e requentou uns pães integrais feitos por ela. Contou-lhe o quanto adorava cozinhar e seus planos de abrir uma pequena lanchonete com comida caseira e vegetariana. Ele se surpreendeu.

— É a primeira vez que eu trepo com uma vegetariana — disse.

— Quero muito ser vegana, mas é um pouco difícil abrir mão dos ovos e do leite.

— Não sei como interpretar isso que você está dizendo.

— Assim, literalmente.

— Ainda bem. Sou advogado. Pra mim é difícil entender a ironia.

— Eu venho do interior. Meu pai matava animais nos fins de semana.

— O que fizemos ontem à noite foi muito bom — respondeu o advogado, puxando-a para si e agarrando sua bunda com as duas mãos. Ela saiu do abraço dele e continuou a espremer laranjas.

— Não entendi muito bem o que aconteceu ontem à noite. Costumo sair com meninas, essa é a verdade. São poucos os homens que me atraem.

— Bem, eu costumo sair com caras. Apesar de ser casado com uma travesti.

A amante ficou surpresa. Não esperava que ele fosse casado. Nenhum homem casado pernoitava na casa de ninguém.

— Não acredito em você — disse a ele.

Ele pegou o celular e lhe mostrou a foto que usava como papel de parede, a atriz e ele, ambos nus na cama, numa tarde de inverno, uma foto tirada por uma grande fotógrafa amiga dela.

— Eu a conheço. Que situação mais desagradável! Vim estudar teatro. Eu a admiro muito. Nunca imaginei que meteria chifres nela.

A travesti de Salta terminou de preparar o café da manhã e desviou a conversa para lugares mais comuns. Por volta das dez da manhã, disse-lhe que tinha de ir a um ensaio e se recusou a dar seu telefone quando ele pediu.

O advogado quis se despedir com um beijo na boca, mas ela, com um movimento muito rápido, ofereceu-lhe a bochecha. Ao vê-la parada na porta do prédio, o advogado notou que sua amante de uma única noite havia envelhecido rapidamente, com aquela velhice prematura de certas travestis que conhecera por meio da marida. Pôs os óculos escuros para enfrentar a manhã deserta, caminhou até o carro e partiu aos berros, cantando *It's a beautiful life, oh, oh, oh*, com uma alegria da carne muito parecida com a euforia.

Quando voltou para casa, depois do meio-dia, soube que a atriz sabia o que tinha acabado de fazer. Contaram para ela, leu nas cartas, seguiu-o à noite, não sabia como, mas sua atitude lhe disse que ela já sabia. Sempre sabia dos assuntos que diziam respeito ao seu erotismo. Como essa informação chegava até ela, isso era um mistério.

— Onde você estava?

— Com os meninos, fomos tomar café da manhã depois.

— Eles postaram uma foto no Instagram tomando café da manhã num bar e você não estava lá — disse ela em tom de ironia.

Silêncio. O filho assistia a um filme no quarto dele. O advogado bebeu de um gole só uma garrafa de água gelada que tirou da geladeira e soltou a provocação:

— Fiquei na casa de uma menina que conheci ontem à noite. Uma garota muito boa gente.

— Uma menina?

— Sim, na verdade uma travesti, de Salta. Muito divina.

— Olha só.

— Me diverti muito. Foi ótimo.

Ela engoliu em seco, olhou para ele e sorriu. O marido e os corpos travestis.

— Você fez muito bem. Pelo menos dormiu com uma travesti, e não com aquelas bichas analfabetas que você come.

Para se vingar, a atriz convidou as amigas travestis para um chá, no horário em que ele costumava chegar do escritório. Seu apartamento ficou cheio das travestis da sua vida, as mais ortodoxas, as de fogo, as que se forjaram na ditadura e eram muito velhas, as que foram suas mães, as que sobreviveram aos massacres e eram as únicas capazes de julgá-la, as únicas que viam onde aquela criatura que tanto amavam poderia se estatelar. Ela serviu torta de limão, medialunas com salame e queijo, pão caseiro, fez biscoitos sem glúten para as mais modernas e café na panela de barro para lhes prestar homenagem. Quando o marido chegou, foi recebido por um coro de risadas que tremulavam no ar como as plumas de Quetzalcóatl. Ele se comportou de modo amável e galanteador, mas entendeu na mesma hora a troco de quê aquela comitiva o recebia. Tirou o terno, vestiu a roupa esportiva e se jogou numa poltrona para ouvir as conversas das amigas da esposa. Em menos de meia hora, ele colidiu frontalmente com a vingança dela.

As travestis mais velhas, algumas sem dentes, algumas ainda putas, já velhas, aquelas que noite após noite ouviam insultos de clientes, as travestis intelectuais que produziam as novas teorias sobre o ser travesti, começaram a falar das novas travestis, das jovens. A atriz desenroscou a língua de víbora e a fez passear pelo recinto com uma maldade que ele reconheceu no ato. Primeiro fingiu perplexidade e expressou confusão diante das jovens travestis, diante do fato de que usavam barba, que iam e vinham de um gênero a outro, que eram tão hippies, tão vigorosas, tão bissexuais, tão não binárias.

— Eu gostaria que vocês tivessem tido a mesma possibilidade.

E as travestis, em coro, responderam que claro que sim, que ela tinha razão. Que sofreram muito. Em seguida, a atriz fingiu entendê-las e disse que talvez fosse por isso que elas lutaram, talvez fosse por isso que tivessem sobrevivido, para que nenhuma no futuro sofresse tanto quanto elas sofreram. Para terem o direito de ser tão medíocres quanto os demais. E também filhas da puta. E concluiu:

— Me desculpem, mas nós, travestis, éramos as de antes.

Risos travestis se desprenderam da mesa. A atriz continuou:

— Uma menina trans de Salta veio me ver na saída do teatro. Muito bonita. Muito doce. Doce demais pra mim. Me olhou com uma cara de louca, até pensei que meu próprio Charles Manson tinha chegado. Me pediu para autografar seu ingresso, disse que gostaria de me dar um presente e pegou um violão bem pequeno, como um charango, e começou a tocar uma música *abominável*. Aceitei, aplaudi, autografei o ingresso, falei que ela podia voltar quando quisesse, que era minha convidada, e ela me tocou mais quatro músicas, todas em homenagem às irmãs travestis mortas. Me tomou de refém! Não sei por quê, mas essa miudinha não me causou boa impressão. Pensei que ela era como Eve Harrington, que queria tirar minha vida. E, se não fosse pelo meu filho, eu até daria pra ela, porque não vale nada...

Quem se deita com os pais amanhece louco

De manhã, antes de viajar para a cidadezinha onde moram os pais, ela desce com um balde d'água, detergente, esponja, limpa-vidros, e começa a limpar a mulher nua que o filho pintou no espelho do hall.

Enquanto ela limpa, o marido ajusta os últimos detalhes e se lembra dela na noite anterior. A imagem do que fizeram antes de dormir é uma descarga de felicidade no seu corpo. Ele nota que, além da felicidade que o sexo com a atriz lhe trouxe, está com o corpo tenso por causa do que vão fazer. É uma aventura e tanto ir para a casa dos sogros.

Ela tenta relaxar, finge ser positiva, diz a si mesma que vai ser breve, que há coisas piores na vida, que os nativos wichis sofrem mais. Ela também pensa em como se vingar da chupada, no que fará quando chegar ao vilarejo, qualquer desculpa servirá para atravessar o rio e trepar com um corpo ao qual só deve gratidão.

Lá em cima, no apartamento, o menino toma café da manhã no balcão da cozinha.

— Quer ver sua prima? — pergunta o pai.

— Sim, acho que sim. Será que ela vai gostar do vestido que a gente comprou?

— Acho que sim, mas nunca se sabe. Em todo caso, ela pode trocar.

— Mas pra trocar ela vai ter que vir aqui em casa.

— Você quer que ela venha? — O pai confere alguns papéis. Como sempre, as mesas do apartamento estão cheias daqueles papéis muito importantes em que o menino não pode desenhar, nem manchar ou amassar, pois corre o risco de ser punido, mandado para o quarto sem direito a internet. Aprendeu à força. Os papéis do pai são sagrados.

O garoto abandona a colher em cima da tigela e, olhando pela janela para disfarçar o constrangimento, diz:

— Sim, quero que venha e fique pra dormir.

— Bem, a gente tem que perguntar pra sua mãe. Mas com certeza não vai ter nenhum problema.

— E se o tio disser que não, como da última vez? E se a tia disser que não?

— Não acho que vai acontecer. Mas, se acontecer, ela pode vir outra hora.

— Mas eu quero que ela venha agora — responde o menino.

Ele fica irritado porque percebe a condescendência do pai, a maneira como sempre o consola por qualquer inquietação. Como se precisasse. É o pai que precisa de consolo, é a mãe que precisa desse recurso. Ele não, ele viu a avó ser esfaqueada até a morte. *Que enfiem o consolo no cu.* Quando o pai fica assim, o menino se irrita, seu estômago se comprime de raiva. Ele quer que a prima venha para sua casa agora para irem ao cinema juntos, para que a mãe possa levá-los ao teatro e o pai os leve para um passeio de bicicleta. Nem depois, nem na semana seguinte, nem no mês seguinte, nem em outro fim de semana. O pai jamais entenderia tal desejo. Um pai que é conciliador em tudo.

Que tonto! Ele quer que a prima veja como é a vida ao lado dele. *É assim que o mundo é quando você está comigo.*

O menino mostra ao pai uma aquarela que pintou para dar a ela, além do vestido. O pai a pega nas mãos e se emociona. Fica perplexo por um instante. É um retrato da atriz. Ele vai dar à menina um retrato da sua mãe, com os cabelos cheios de flores e animais que espreitam por entre os arbustos.

— Sua aquarela é muito linda. Muito linda.

Ele se diverte imaginando como sua esposa reagiria ao se ver desenhada assim, como uma caricatura amassada. E também se angustia, porque dezoito andares abaixo sua travesti está pensando em como fugir do almoço em família e deixá-lo sozinho com o cunhado e o sogro.

— Mas acho que sua prima não está interessada em ter um retrato da tia.

— Por que não?

Como o menino fica decepcionado!

— Porque é algo muito pessoal; não é a mãe dela, é a *sua* mãe. Por que você não dá a aquarela do coelho que pintou na semana passada?

— Porque eu não quero.

O pai abandona seus benditos papéis e tenta agir como um adulto. Dar alguns conselhos ao seu filho. Explicar-lhe o mundo de novo.

— Pra dar um presente, você tem que se pôr no lugar de quem vai receber.

O menino revira os olhos em sinal de aborrecimento. Pensa na mãe, que está lá embaixo apagando seu desenho. Ele quer se juntar a ela, fica desconfortável com o pai.

— Vou dar pra ela de qualquer jeito. — E dá por encerrada sua argumentação.

O pai se cala. Depois encontra o que quer dizer e investe novamente, tentando fazer o menino desistir. Ele não quer que aquele retrato esteja na casa do cunhado, tão agressivo, tão ruim. Não quer que o rosto da sua esposa fique disponível para a maldade da cunhada. Ele imagina a bruxaria que podem fazer no desenho, a cunhada enfiando alfinetes nos olhos da esposa, queimando o retrato no fogo. Não. Mas também não pode dizer isso ao filho.

— Gosto muito do retrato, quero ele pra mim. Vou comprar de você.

O menino ri e nega com a cabeça, bebe o copo de suco de laranja quase sem respirar, sufocado de triunfo.

— Por favor, quero ficar com ele — implora o pai.

Por fim, desiste. O menino já disse que não. O pai pergunta, por último, se ele mostrou à mãe o retrato, e o menino nega com a cabeça.

— Quando eu pintar melhor.

Termina o café da manhã. O pai lhe pede que coloque a tigela, os talheres e o copo na lava-louças, e que vá buscar a mochila e não se esqueça da medicação. O garoto responde que já a guardou.

Eles saem carregando bolsas, mochilas, garrafas de vinho, presentes e uma caixa térmica com refrigerantes. O marido ativa o alarme e sente, em algum lugar do corpo, a mordida que o espera no final da viagem.

Quando descem até o saguão do prédio, marido e filho encontram a atriz diante do espelho, que está completamente limpo.

O parricídio é uma tentação

Eles saem da cidade rapidamente, não há tanto trânsito ainda. Atravessam os pampas, que parecem cada dia mais deprimentes. Entram no vilarejo que costumava ser pitoresco. Agora está saturado de gente, lojas e turistas em picapes 4 × 4 e neo-hippies endinheirados que fogem das grandes capitais do país. Para a atriz, essa nova paisagem que liga sua casa à casa dos pais a entristece. O desmatamento evidente a deixa de mau humor. O menino está no banco de trás, dormindo. No caminho, tiveram que parar para ele vomitar, pois as curvas do trajeto o deixaram tonto. A atriz se preocupa que ele possa vomitar os antirretrovirais, mas o marido a acalma.

As estradas de terra sacodem o carro e o menino acorda, já sem enjoo graças ao dramin que sua mãe lhe deu. Grupos de crianças em bicicletas os cumprimentam como se os conhecessem a vida toda.

Eles se dirigem ao bairro onde o pai mora. Passam em frente a uma capela muito simples, desbotada e vazia. O advogado faz o sinal da cruz.

— Por que você está fazendo isso? Enlouqueceu? — pergunta a atriz.

— Foi sem pensar — desculpa-se ele.

Parece outro mundo. Pelo menos não há lixo nas ruas. Não é como a cidade. Lá você caminha sobre os dejetos de milhões de habitantes.

A casa do pai da atriz é o território típico de um homem. Ferramentas espalhadas como espantalhos vadiando, motores cheios de graxa, um barco velho para ir pescar, uma geladeira quebrada onde os gatos dormem. Plantas que crescem com absoluta liberdade em qualquer direção, cobrindo tudo. Ele tem uma casinha nos fundos que aluga por temporada. Isso é do lado de fora. Por dentro, a casa é um hotel impessoal. Nenhum cheiro a não ser no quarto onde o pai põe o corpo para dormir sem tomar banho, não se preocupando mais em estar limpo para ninguém, nem para si mesmo. Os detalhes, os enfeites, algumas tentativas de embelezar a casa são agora como lembranças da passagem das mulheres com quem seu pai se diverte, namoros muito breves, romances passageiros, nunca por mais de um ano. Nenhum chega a um ano. É a regra do pai. Ele não fica com nenhuma mulher por tempo suficiente para amá-la. A filha sente que as mulheres também não suportam o pai. Não aguentam sua existência cinzenta, como se ausente de vida. Os gestos desanimados de acariciar, de fazer amor, de amar. O pouco que ele dá e o muito que ele acha que merece.

Estacionam. Descem do carro e vão procurá-lo.

Encontram-no na horta, nos fundos da casa, entre os pés de milho que têm sua altura. O menino corre para abraçar o avô com muita alegria, mas o avô é frio. O menino sente aquela parede contra a qual seu abraço se choca. O homem está mais interessado em exibir sua colheita do que em receber o neto. Cumprimenta o advogado com um aperto de mãos — e é algo muito sutil, quase imperceptível, mas o pai mede sua força com a do genro no aperto —, e depois abraça a filha, quase apático. O abraço distante do pai a lembra que ela está sozinha no mundo.

— Se vocês já viram uma espiga mais bonita que essa, não digo mais nada — diz o pai, e põe diante dos olhos o fruto do trabalho pesado. Uma espiga jovem, brilhante, sem agrotóxicos, sementes que outros produtores lhe trouxeram. Sementes que sobreviveram ao aquecimento global, que se adaptaram por si mesmas a esse calor equatorial.

— Aqui começa a revolução, em comer o que se planta.

Ela guarda essas declarações na memória para ter um motivo para amá-lo. Aquele anarquismo no qual seu pai sempre viveu. E seu niilismo também. Este não cede a nenhuma convenção social. Um homem que mal cumprimentava os vizinhos, que tinha poucos, pouquíssimos amigos, geralmente homens a quem tinha dado trabalho. Um homem que em época de eleição pendurava um cartaz na porta de casa:

NENHUM PARTIDO POLÍTICO
É BEM-VINDO NESTA CASA.

Certa vez, fizeram uma nota no jornal da vila para aquele cartaz. Às vezes, as pessoas tiravam fotos e as postavam no Twitter, e o cartaz viralizava.

O menino pergunta se pode comer a espiga, mas o avô responde que não, como vai comer o milho cru?

— Essas crianças da cidade... Ai, que merda!

— Dá sim pra comer os grãos de milho crus, não preste atenção no vovô — intervém o advogado.

Para contornar, o pai da atriz oferece damascos ao neto.

— Eles derretem na boca — diz.

A atriz já ficou de mau humor para a reunião familiar por causa do comportamento do pai. Para evitar que ele perceba suas ruminações, já que não há um único pensamento na sua mente que ele não intua, leva o menino para cortar os benditos damascos.

— Lave eles antes — ordena o avô. — Senão vai dar caganeira nele.

A filha sorri e, depois da breve colheita de damascos, leva o filho para o quarto que era dela quando morava lá, e aproveita para tirar do carro o que trouxeram. O pai grita da horta que separou sacolas com frutas e legumes, mas ela não o ouve. A névoa do afeto do pai adere à visita depois de ter caído longa, contínua e silenciosamente, durante toda a sua vida.

O pai e o marido ficam na horta.

— O senhor nunca vai comer um milho mais saboroso que esse, aposto. O milho que vendem no supermercado não tem gosto de nada. Isso é milho orgânico — diz.

— Sim, é delicioso. Com certeza.

— O senhor sabe distinguir um milho bom de um ruim?

— Pelo sabor.

— Nem tanto. Antes de tudo, pelo jeito como o senhor caga ele. Se o senhor cagar o grão de milho inteiro, então tenha certeza de que o milho é transgênico.

— Me chame de você, por favor. Faz com que eu me sinta com oitenta anos se me trata por senhor — responde o genro.

— É difícil pra mim, é por respeito.

— Mas como pode me desrespeitar por me tratar de você?! Pelo menos tente.

— Talvez. Mas se não der certo, o senhor não fique com raiva. Você não fique com raiva, quero dizer.

Ele mostra o que planta na horta. Com a ponta dos dedos, arranca uma folha de coentro e leva a mão ao nariz do genro.

— Cheire, que delícia — ordena. O marido respira fundo.

Vão até o carro porque o pai gosta muito do automóvel do genro, e então vai admirá-lo e fazer-lhe as mesmas perguntas de sempre. Qual o modelo, o preço, se é veloz.

— Tenho minha Ford F100 que nunca me deixa na mão. Uma relíquia, um carro de colecionador a essa altura. Faz um pouco de barulho, mas é uma máquina.

— É uma linda caminhonete — responde o genro.

— Melhor que qualquer caminhonete nova! Minha ex-mulher não queria andar nela porque tinha vergonha de estar sempre cheia de sujeira, mas aposto o que o senhor, desculpe, aposto o que você quiser que ela nunca entrou num carro melhor depois que nos separamos.

E de repente, sem esperar, uma visão os enfeitiça.

Na estrada de terra avança um cavalo branco, um cavalo crioulo, atarracado e pequeno, com as ancas salpicadas de manchas cinzentas, que ziguezagueia devagar pelas margens. No lombo, leva um homem adormecido. A cabeça do cavaleiro pende do peito e se move de um lado para outro conforme o vaivém do cavalo, como um pêndulo. Vem e vai, mas o movimento do cavalo também funciona como um muro de contenção.

— Lá vai o mocinho, que beleza — diz o pai. — Está completamente de fogo a essa hora do dia!

O advogado se irrita com a possibilidade de seu sogro ser levado pelo espírito narrador e contar a história que já contou mil vezes antes, a toda pessoa que lhe permita demonstrar seus dons como embusteiro, como mitômano das lendas do interior. Que o homem no lombo do cavalo é um alcoólatra sem salvação. Que agora está um pouco mais tranquilo, só bebe nos fins de semana, mas nos dias de semana trabalha sem pôr uma gota na boca, deve-se dizer, como jardineiro, como pedreiro. Antes podia passar da manhã até a noite, de segunda a sexta, bebendo vinho, mijado, cagado, vomitado, jogado em qualquer canto. Sempre com seu cavalo por perto.

Pois bem. Quando chega o meio-dia de sábado, ele começa a beber. Vai aos bares que encontra abertos, é muito comum no povoado, bodegas onde os caras bebem em pé, com os cotovelos no balcão como no século xx. Vai de bar em bar sem falar com ninguém. Seu cavalo o espera numa das ruas que levam à avenida principal. Deixa-o amarrado. Ao voltar, mal consegue escalar o animal com suas últimas forças. O cavalo desce pelas ruas de terra até a beira do rio e o cruza com o bêbado nas costas, chega à casinha do homem e espera que ele acorde, não importa quanto tempo passe.

— Nunca vi nada parecido — o pai tira o advogado da sua meditação delirante —, tanto carinho por um homem. Não é possível amar um homem tanto assim.

— Os cavalos são muito inteligentes — responde o genro, que mal consegue acompanhar a conversa.

— E o homem é um animal muito ladino.

— Acho que sim.

— Aprecio muito esse cara. — E aponta com o queixo na direção do bêbado. — Se não fosse por ele, você não estaria com minha filha agora.

Ao dizer isso, abaixa o tom de voz, de modo que nem as plantações de milho escutem seus segredos.

— Daquela vez, que merda que deu...

O marido sabe a história de cor. Já ouviu mil vezes da sua boca com hálito de vinho branco. Sabe como fizeram mal à sua esposa. Sabe quando acorda à noite porque ela, enquanto dorme, treme e fica agitada. Sabe por que às vezes sua esposa fica em silêncio e olha para as paredes do luxuoso apartamento que comprou apenas com seu talento, como se não olhasse para nada, com os olhos vazios, e quando ele pergunta se está tudo bem ela diz que não quer esquecer os rostos, que está pensando neles. Ela sabe que o bêbado da cidadezinha a resgatou das garras de quatro bêbados e uma pirralha que estavam prestes a matá-la. Que ela passou muitos dias internada pelos golpes com que destruíram seu rosto.

E sabe de outra coisa, algo que o pai ignora (ou não?). Esta tarde, se conseguir, se tiver oportunidade, enquanto eles jogam conversa fora, enquanto o menino cochila ou toma banho na piscina com a prima, enquanto cometem os delitos retóricos à mesa da família, a atriz dirá que vai visitar uma amiga do vilarejo. Em vez disso, descerá até a casa do bêbado que atravessou a rua há pouco. Quando chegar à margem do rio, vai tirar os sapatos, levantar o vestido e atravessar a água, que lhe baterá no máximo até os joelhos. Ela abrirá a porta, se despirá e se enfiará na cama com ele. Não importa em que situação o salvador esteja, não importa se está dormindo, se está sujo, se está bêbado como o último alcoólatra na face da terra. Não importa se ele está mijado, se a cama é como um chiqueiro de porcos, não importa nada. Ela procurará o couro seco, curtido, coberto por uma penugem grisalha e encaracolada, o pinto morto, o cheiro acre que sai da sua boca. Acima das barragens anímicas, ela irá procurá-lo para dormir com ele como faz há anos, às vezes sem trocarem uma única palavra. Ele fará amor com ela, de quatro como os cachorros, com todas as dificuldades da sua idade e do seu alcoolismo. Ela lhe dará seu corpo, não importa o que possa ou não fazer com ele. Quando acabarem, a atriz possivelmente ouvirá as súplicas do bêbado:

— Não quero mais que você venha. Você é muito má. Está me corroendo por dentro. Se você tem algum carinho por mim, pelo que eu fiz por você, não volte mais. Você vai acabar me apodrecendo em vida.

— Não. Vou continuar vindo.

— Por favor, te peço pelo que é mais sagrado.
— Não existe o mais sagrado. Então, vou voltar sempre que eu quiser.

Ela voltará para a casa do pai como se não o tivesse ouvido e dirá que não encontrou a amiga, que a esperou por muito tempo e no fim decidiu caminhar. Irá para o banheiro sem se deixar tocar por ninguém, se limpará, tomará banho se possível, e só então voltará ao convívio familiar.

Agora, aguardam o irmão da atriz. O pai demora em acender o fogo para o churrasco, liga para o filho várias vezes, mas o rapagão não atende. Ele fica nervoso, é atormentado pela impontualidade e irresponsabilidade do filho.

— Coitadinho do meu filho. É órfão de mãe — dizia o pai para justificar cada uma das maldades do filho. Se numa briga ele acabasse mandando alguém da vila para o hospital, porque o filho era forte e desajeitado como um orangotango, o pai dizia: *Coitadinho do meu filho*. Se alguma namoradinha acabasse com um olho roxo porque seu filho tivesse batido nela, o pai não atinava em dizer mais que *Coitadinho do meu filho, é órfão de mãe*. E com isso resolvia a incapacidade de viver em comunidade que seu filho demonstrava. Mas era trabalhador e forte, levantava carrinhos de mão cheios de pedras, tijolos, lenha. Podia cavar uma fossa em dois dias, no máximo. E naquelas ocasiões em que o pai via o fruto da sua educação, como a carne da sua carne desabava, repetia aquele *Coitadinho do meu filho*.

Ele o espera ansioso, pois sabe que o filho não se dá bem com a irmã. Não parecem frutos da mesma árvore. E se alguma vez se sentiu desconfortável com a forma como o filho olhava para a filha, também soube negar a evidência perfeitamente clara do que se passava entre eles. O pai tinha um poder imenso de negação. Talvez todo o seu poder estivesse reservado para a negação: a vida havia lhe colocado uma filha travesti pelo caminho. Ele tinha sido abandonado pela mulher que mais amava. Seu filho, que era de outra mãe, espiava a filha escondido entre as plantas, olhava-a cheio de desejo azedo, terrível, no seu desamparo pelo que ele mesmo fabricava para si: o desejo pela irmã.

Eles são muito diferentes; ela é orgulhosa, não perde nunca; por outro lado, meu filho, coitadinho.

Por que as famílias que já estão destruídas tentam se consertar com churrascos nos fins de semana?

O irmão é bem mais novo que a atriz. Filho do segundo casamento do pai com uma cozinheira de escola já falecida. O pai, ao se divorciar da mãe da atriz, tinha ido atrás da primeira mulher capaz de amá-lo um pouco nas noites frias de inverno. E não apenas uma mulher que o amou, mas uma mulher que trabalhou tanto e tão duro quanto ele. Que não teve medo de cavar a terra nem se sentiu humilhada por carregar caixotes com frutas e legumes, e que não se lamentou pela beleza das mãos ou pelas dores na coluna, como outras das quais era melhor nem se lembrar. A mãe da atriz tinha sido muito pirracenta, muito arisca para a vida que ele podia oferecer. Enganou-se com alguns detalhes e achou-a corajosa, resistente, trabalhadora, mas se equivocou da primeira à última ilusão. Não errou duas vezes e escolheu a nova mulher, apesar de ser um solteiro cobiçado numa cidadezinha onde os homens eram como uma enfermidade.

O cheiro do xampu dos cabelos dela impregnava a caminhonete de colecionador em que ele às vezes a levava para o centro, porque ela era vizinha e morava perto do rio. Ele gostou tanto dela que logo a convidou para um café; do café para a cama e da cama para o namoro foi questão de semanas. Ele sabia que a cozinheira não tinha nojo da rudeza dos seus modos ou da aspereza das suas mãos. Um ano após o divórcio, ele já a levara para morar com ele. Casaram-se discretamente na vila, e a questão da mágoa parecia resolvida. Em pouco tempo, ela engravidou e ele não conseguiu deixar de se mostrar por inteiro. O animal feroz que mantinha em segredo despertou, e ele começou a perseguir sua nova esposa no mesmo ritmo que seu segundo filho se desenvolvia no ventre. Sua filha travesti nem havia completado treze anos.

    A cozinheira, que sabia mais sobre homens difíceis do que gostaria, logo começou a se cansar do pai da atriz. Ele sempre vinha com uma reclamação e um aborrecimento para cada momento do dia. Discutiam periodicamente. Ele só a tratava bem quando havia testemunhas ou quando pretendia montá-la à noite com sua pouca destreza e seu pouco afeto. Ciúme, queixas, indiretas, imposições e proibições. Que ela trabalhava muito, que não precisava mais trabalhar, que ficasse em casa de uma vez, que não lhe faltava nada, que ele precisava dela por perto.

    Assim que o menino nasceu, o homem descansou do seu ímpeto destrutivo e a cozinheira pôde amamentar seu filho em paz e esquecer por um tempo as panelas gigantes do refeitório da escola, onde se esfalfava dia após dia. Logo ficou magra e cheia de olheiras, e a tensão atingiu as alturas. Quando pôde voltar ao trabalho, a convivência se tornou insuportável. Para o marido, nenhuma babá era boa, e ele a chamava ao telefone a todo momento. *Onde você está? Você deixou uma inútil cuidando do menino, faz dois dias que ninguém cozinha nessa casa! Pra que merda eu me casei com uma cozinheira se não posso comer um prato quente e decente de vez em quando? Até que horas você pensa em trabalhar hoje? Por que você chega a essa hora? Eu já te falei que você não precisa trabalhar, pois se eu não te deixo faltar nada! Você vai ter que escolher entre esse emprego ou seu marido e seu filho.*

Um dia, depois de três anos tirando paciência até das pedras, a cozinheira, cansada de discutir com ele pelo celular, jogou o aparelho contra uma parede enquanto mexia um ensopado com arroz para duzentas crianças, e foi seu fim. Ela olhou para as companheiras de cozinha e gritou:

— Não aguento mais isso!

Um infarto comprimiu seu peito e a deixou desfigurada de dor no chão da cozinha.

O pai teve que criar o filho sozinho, e isso o distraiu da viuvez. Sem qualquer remorso, sem lágrimas, ajudado por uma menina que servia de babá e amante sem privilégios, ele se entregou à tarefa de ser pai por uma vez na vida. Algo de que, com sua primogênita, ele não havia sido capaz. A atriz sabia que era o pai quem merecia o infarto da madrasta. Era ele quem deveria morrer daquele jeito, não aquela mulher discreta e trabalhadora que tinha tido a infelicidade de se encoleirar com ele. Não resistiu à severidade daquele homem. A atriz sempre soube, desde que o pai as apresentou formalmente, quando já era quase uma adolescente. Uma mulher assim não duraria muito tempo ao lado dele. Não porque não o amasse; era necessário um controle fora do comum para suportá-lo. E ela sabia de outra coisa: seu pai era incapaz de amar qualquer mulher que não fosse sua mãe.

O irmão da atriz caiu nas piores mãos possíveis. Foi muito amado, muito mais do que a filha travesti que o pai não conseguia amar totalmente. Mas esse amor se originava num lugar insalubre. O pai levou a sério a tarefa de domesticar o filho no medo de ser homem. Todas as manhãs lhe enfiava goela abaixo seu despotismo, sua misoginia, seu absoluto desprezo pelo "feminino". O menino aprendeu a ser como o pai, a *ser* seu pai também, e a atriz foi expulsa a ponto de nunca mais poder voltar. Repetidas vezes, o irmão se erguia triunfante no afeto do pai.

E ela voltava para a casa do pai porque tinha a esperança de perdoar sua falta de amor algum dia. De que ele fizesse alguma coisa, que tivesse um gesto em relação a ela, ao filho ou ao marido, algo que a fizesse amá-lo. Mas o pai a mantinha afastada.

Por sorte, logo chegaria o filho, que viraria as coisas a seu favor. Não precisaria conversar muito com a filha, o genro e o neto adotivo. Seu filho, o comerciante, o forte, o grosseiro, o rude, aquele que vendia carros usados, a réplica do seu lado cigano, seu lado nômade.

Coitadinho do meu filho.

Não há Martín Fierro
que aguente

O irmão finalmente chega, para a tranquilidade do pai e o desconsolo da família da atriz. Um quarteirão antes de chegar à casa, ele começa a buzinar de maneira frenética. O rádio, num volume atordoante, tão alto que é possível ouvir a narração de uma partida de futebol, sem nunca se importar com a esposa ou a filha. Ele buzina feito louco, com violência, e a casa enlouquece com isso. Os cachorros, os animais no curral. Os pássaros nas árvores fogem apavorados. Do carro sai a esposa do irmão, sustentando com as mãos uma gravidez de seis meses. A menina, atrás, grita para que ele pare de buzinar, desesperada porque não consegue tirar o cinto de segurança.

— Vamos fazer barulho, vamos fazer barulho pra esses grã--finos.

A menina sai em disparada do carro quando consegue desafivelar o cinto de segurança. Sob o limoeiro, seu primo a espera, o primo mais amado do mundo. Eles se abraçam. Como presente: uma sacola com um vestido para ela, um vestido multicolorido, muito bonito e muito caro. Também um retrato da sua mãe

com os cabelos cheios de flores e animais. A menina grita de alegria ao vê-lo e reconhece a tia. A mãe da menina se aproxima para olhar o vestido, pega-o nas mãos como se fosse comprá-lo numa loja de segunda mão, examina-o de cima a baixo, cheira-o e, como se não valesse nada, diz:
— É legal, espero que caiba.
Vê o retrato que a filha tem nas mãos.
— Quem é?
— Minha mãe — responde o menino.
Pega-o com a ponta dos dedos, com o mesmo desprezo com que trata toda a matéria que existe à sua volta, e diz ao menino:
— Não parece.
— Parece, sim.
— Não tem nada a ver.
— Pare de brigar, mamãe. Vou pendurar no meu quarto — diz a menina, e abraça o primo com alegria.
— Seu pai não quer mais buracos nas paredes — diz a mãe.
Ela, a atriz, o foco da discórdia, nem mesmo aparece. Está arrumando a cama na casinha do quintal. Não tem forças para sair e enfrentar a família.
O irmão desce do carro depois do show demencial de buzinadas. Cumprimenta o pai com um abraço, o pai o chama de *filho querido* e lhe dá tapinhas nas costas que retumbam como um tambor. O advogado fica nauseado com tanta breguice de macho.
— E onde está minha irmã? — pergunta o irmão.
— Lá dentro, guardando umas compras — justifica o marido.
— Sempre tão cordeirinho você, sempre desculpando essa grossa.
Ele finge, um pouco brincando, um pouco a sério, que quer brigar com o cunhado para ocupar com seu carro o lugar que era

dele, como filho do dono da casa. Vai ao seu encontro estufando o peito, um pouco brincando, um pouco a sério, e diz:

— Você ocupou minha vaga no estacionamento, cunhado. Claro, meu carro não é tão lindo quanto o seu, não é mesmo?

— Vou estacionar embaixo da nogueira na entrada — responde o marido da atriz.

— Não, pode deixar. Nós que nascemos sem sorte nascemos sem sorte. — E se dirige ao pai: — Eu podia ter tido um pouco mais de sorte na vida, né, velho?

Paft! Finge um golpe no peito do cunhado, que não vacila, não pisca, não responde à provocação. O marido já o conhece. Espera-o rígido, com a segurança de ser muito mais alto e robusto do que ele, com a tranquilidade de ter praticado artes marciais por anos e anos, desde a adolescência.

O irmão entende que não é o tipo de piada que ele pode fazer com o cunhado, como se não fosse nada.

E agora sim, a atriz aparece na porta, vem abraçar a cunhada grávida e toca sua barriga. Não que ela ache que esse gesto tenha alguma importância. Vai cumprimentá-la sem saber muito bem o que fazer, por isso recorre a um gesto comum. Até ela precisa disso às vezes.

— Ai, esse bebê, que enorme.

— São dois, e são pequenos demais pra serem dois.

— Eu não sabia que eram dois. Meu irmão não me contou.

— Não, claro… Ele com certeza conversa com você sobre outras coisas…

E a família do irmão? Eles moram numa casa semiconstruída que a mãe da atriz emprestou. Uma casa que herdou de uma tia solteirona. E uma pequena máfia toma corpo lá dentro.

A cunhada vive de mau humor e o dissimula sob um sorriso pétreo. Um sorriso com um sedimento amargo, de desprazer até pelo ar, até pela filha, a quem trata com violência quando o marido não a observa. Sente uma espécie de repulsa por aquela criatura loira, tão saída de um comercial, tão angelical e branca quanto o marido e ao mesmo tempo tão precoce, tão sensual, tão cheia de algo que lhe falta, sem dúvida. Alegria.

Uma imundície material entristece seu amor de mãe. Esse não saber ser mãe e ainda assim ser. Não estar lá nem para as coisas mais elementares, como o amor.

O irmão, em consequência, também vive de mau humor, pois sente a inimizade entre a filha e a esposa, o silêncio que as duas guardam, ameaçador, uma pela outra.

Ele já precisou buscar a esposa na delegacia porque ela foi flagrada furtando besteiras em supermercados. Verdadeiras bobagens de que não precisava. Ela sempre respondia com arrogância.

— Se você não gosta, chispa daqui.

O irmão trabalhava fazendo bicos aqui e ali. Era jovem, forte, e não tinha medo de trabalho. Como era filho do pai, contava com referências de sobra para conseguir um emprego. Mas era ressentido: queria tocar violão, queria dar a volta ao mundo de moto. Não queria estar casado. Aceitava a filha sem pensar muito no quão verdadeira era a felicidade de ser pai e, no íntimo, acreditava que estaria melhor com a esposa se a gravidez não tivesse acontecido. Vivia numa espécie de teatralidade masculina: o esforço, os músculos, a esposa, a filha, o pai, o álcool, sempre o álcool em todo encontro que fazia com seus amiguinhos. A violência também se tingia dessa teatralidade. Dar socos nas paredes. Assobiar para qualquer mulher que passasse em frente às obras em que trabalhava, dormir com meninas de cujo nome não se lembrava. Brigar de vez em quando com outros homens como ele, viver de mau humor, reclamar muito, nunca ler, nunca ouvir música, nunca ir ao cinema.

A menina sobrevivia por força da sua própria magia. Seus pais nunca iam buscá-la na escola, seus pais nunca iam vê-la brilhar em eventos escolares. Sua mãe não lhe ensinou a andar de bicicleta ou escrever seu nome, nem soube amá-la quando ela mais precisava.

É por isso que foge com a tia sempre que pode. Na escola, mentia que a atriz era sua mãe e que ela morava numa mansão com mordomo. As crianças acreditaram nela até que um dia sua verdadeira mãe, a ressentida, foi buscá-la, e quando os colegas da filha lhe perguntaram se a história que ela estava contando era verdadeira, a mãe puxou seus cabelos.

— Já te falei que não gosto que você minta. São mentiras. Quem me dera que a gente morasse numa mansão.

Tiraram sarro da menina pelo resto do ano.

Entendi que meu irmão era o homem que eu usava para julgar os demais. Qualquer percepção que eu tivesse de um amante, de um colega ou de um amigo era a partir dele. Meu irmão conserta coisas, entende de eletricidade, encanamento, carpintaria. Ele sabe brigar, é irônico e sempre se perfuma quando vai me ver. É forte e tem olhos bonitos. Quando se aproxima, tenho vontade de fugir. Nunca me sinto em paz quando ele está perto, sinto o abismo que nos espreita.

Durante o almoço, o pai deixa claro que a filha não existe para ele. Conversa com o genro, com o filho, com os netos, fala até com a nora. Mas não fala com a filha, não faz perguntas a ela, também não responde às suas perguntas. A filha elogia os legumes da horta, mas ele responde de uma forma que a conversa não pode continuar. O irmão é capaz de todas as grosserias possíveis, irrita tanto que até o pai se sente mal com sua atitude e pede que ele acabe com aquelas ceninhas de mal-educado.

Arrota, boceja sem cobrir a boca, fala de boca cheia, serve-se vorazmente do vinho que a irmã trouxe e não perde a oportunidade de comentar que só quem se dá tão bem na vida como eles é que pode se dar ao luxo de comprar vinhos tão caros, para paladares tão finos.

— Aqui somos uns tronchos... Ou vocês devem pensar que somos uns tronchos.

— Claro, se você se comporta assim, vamos pensar que você é bem troncho — responde a atriz.

Para completar, a cunhada diz, com a boca cheia de salada, que na cidadezinha onde moram, a dez quilômetros dali, expulsaram umas prostitutas por serem aidéticas.

— A pedradas. As pessoas descobriram que as duas putas eram aidéticas e apedrejaram a casa delas.

— Sim, cagaram nas portas e nas janelas — diz o irmão.

— E não atearam fogo nelas porque escaparam pelo quintal — acrescenta a cunhada.

Faz-se um grande silêncio à mesa. Não é possível contar as vezes que a cunhada usa a palavra *aidética* numa fofoquinha, forçada, vinda à tona sabe-se lá com que intenção. O menino abaixa a cabeça e abandona os talheres porque reconhece aquela palavra, sabe do que se fala quando se diz *aidético*. No abrigo, diziam-lhe que era filho de uma aidética quando queriam humilhá-lo. A atriz engole em seco, o irmão continua com seus modos de viking. O marido está prestes a responder à agressão, mas a atriz põe a mão na perna dele e a aperta suavemente, como se pedisse para ele se acalmar, respirar, que ela cuida disso. Ele fica calado, mas se sente ferido e acha que o filho também foi ferido. O menino levanta os olhos e pergunta:

— Também vão me tirar de casa a pedradas?

— Por que você pergunta isso? — responde o pai, acariciando os cabelos escuros e lisos do pequeno filho, o amor da sua vida.

— Porque eu também sou aidético como minha outra mãe.

A atriz lhe dá um beijo na testa que impressiona toda a mesa. Em seguida, ela o puxa para o peito por um momento para que o menino não veja sua perturbação e lhe pergunta como se fosse um exame escolar:

— Qual a diferença entre aids e HIV?

— A aids é a doença que te atinge quando você não toma medicação, e o HIV é o vírus que você pode ter a vida toda, mas, enquanto você tomar a medicação, você não morre.

A mãe pergunta outra vez enquanto acaricia e beija o rosto do filho:

— Vimos os números dos seus últimos exames, o que eles diziam sobre a carga viral?

— "Intedectável" — responde o menino, e se corrige enquanto balança a cabeça e ri: — In-de-tec-tá-vel!

— Muito bem.

A atriz fuzila a cunhada com o olhar. E depois o pai. E depois o irmão. E o irmão tenta astutamente mudar de assunto. O marido se levanta furioso, quer dizer alguma coisa, mas ela implora com os olhos para não intervir.

— Por que vocês não levam os pratos pro quarto de cima e comem lá, que é mais fresco? — pergunta a atriz ao filho e à sobrinha.

As crianças pegam os pratos e talheres, o marido leva os copos e guardanapos e as acompanha até o quarto. Quando ouve as crianças fechando a porta, ela ataca a cunhada.

— Você percebe o que acabou de fazer?

Mas a filha da puta finge não entender. Acaricia a barriga e a encara enquanto continua mastigando uma moela crocante.

— Você está falando sério? — pergunta a cunhada enquanto se inclina para trás no encosto da cadeira e adota a postura de uma gestante que não aguenta mais a gravidez.

Ela gosta de medir forças com a atriz, gosta de mostrar para a atriz, tão altiva, tão educada, tão filha do seu tempo, que as mulheres como ela, as mulheres com vagina, são mais importantes que essas mulheres de mentira, porque dão à luz.

— Sabe o estrago que acabou de causar àquela criança ao falar assim? — insiste a atriz.

— Não, pra ser sincera, não estou entendendo o que você está falando.

Por trás, o marido volta do quarto onde deixou as crianças, passa pela mesa sem olhar para eles e vai para o quintal.

O pai intervém:

— Não faça uma cena. É uma criança, não percebe.

— Ela é louca. Está querendo brigar, como sempre faz — reclama o irmão. — Adora encher o saco, não sei como o idiota que está lá fora aguenta ela.

— Bem, como sempre, o comentário progressista do meu irmão — responde a atriz.

O irmão solta uma risada que resume o que ele pensa sobre ela.

— Olha só sua filha, tá vendo?! Louca, ela é louca, sempre foi louca.

O pai, com uma autoridade antiga, que já não surte efeito nos filhos, intercede mais uma vez:

— Parem com essa briga, não aconteceu nada aqui. O menino está com a prima vendo TV. Vamos comer em paz.

A atriz não se cala, mas baixa a voz para dizer:

— Você esqueceu que meu filho é soropositivo?

Então a cunhada cobre a boca com as duas mãos para ilustrar sua falsa surpresa.

— Ai, mil desculpas! Esqueci! Eu não lembrava. Ai, que papelão. Desculpe, desculpe, sou uma estúpida.

— Não peça desculpas pra ela. Você estava contando uma história. É verdade, expulsaram aquelas putas de merda por serem aidéticas. Não tem nada a ver com seu filho — ordena o irmão.

— A aparência dele é tão boa que não parece doente.

— A discussão acabou aqui! Parece incrível, sendo irmãos, se tratarem assim. — Pobre pai incapaz de ser pai.

O irmão e a cunhada começam a sussurrar um com o outro, rir com risadas venenosas, ignorar a atriz, querem mudar o rumo da conversa, então ela se levanta com um nó na garganta.

— Vou até a casa da mamãe, vai ser melhor. Volto pro jantar — diz a atriz. — Na geladeira tem o bolo de limão e creme que você gosta.

O irmão dá um golpe na mesa.

— Vá buscar nossas coisas — ordena à esposa.

Ele que não vai ficar ali com a família e suportar a irmã o observando de cima.

Ela sorri. Sabe do ressentimento do irmão. Cada pedra em cima de outra pedra, cada tijolo carregado, cada pá de areia jogada na betoneira, suas mãos rachadas pelo cimento, pela cal, suas costas moídas todas as noites, seus olhos ardentes pela poeira constante, a pele escurecida pelo sol, os brinquedos de pobre com os quais consolava a insatisfação da sua filha, o cabelo ressecado da esposa, a casa em que ele morava de favor porque não tinha o suficiente para pagar aluguel, as paredes sempre frias e alheias, sempre úmidas, tudo era por culpa da sua irmã.

E também há, claro, o ódio que ele sente por ela, por causa dos comentários ferinos feitos pelos amigos no vilarejo.

E o quanto ele desejara a morte dela! Inclusive no dia em que a levaram inconsciente para o hospital porque tinham tentado estuprá-la. E ele era uma criança. Sentiu o desejo de que a vida da irmã acabasse, e junto com ela seu sofrimento, suas notas ruins na escola, o xixi na cama à noite, a vergonha do pai por ter uma filha como essa.

— Não é minha culpa que eu tenha me dado melhor que você — diz a atriz, e lhes pergunta se pode levar a sobrinha para a casa da mãe. A cunhada diz que sim e reitera suas desculpas, mas o irmão lhe dá um tapa nas costas da mão para repreendê-la.

— Por favor, voltem à noite, que eu vou assar a carne que prometi — diz o pai.

Ela não o ouve. Seu filho fala com ela.

— Por que estamos indo embora, mamãe?

— Pra poder passar mais tempo com a sua avó — responde a atriz enquanto guarda as toalhas e o protetor solar na mochila.

— Mas eu queria entrar na piscina.

— Bem, à tarde, quando o sol baixar, você entra na piscina da sua avó ou vamos até o rio.

— É porque você brigou com a minha mãe, tia?

— Não é por isso. Vocês podem parar de fazer perguntas?

— É porque você brigou com o tio?

— Chega, não tenho mais respostas pra dar. Não quero ouvir mais nenhuma pergunta.

O advogado dirige em silêncio. Tem os olhos úmidos e um novo rancor que foi criado pela esposa. Ele sabe que é injusto culpá-la, mas odeia a travesti que está sentada ao seu lado com uma mão sobre sua perna, como um último contato antes do desastre.

A fome das mães

Eles vão no carro até a casa da mãe. Fogem um pouco, é o que se faz para sobreviver; é o que a filha pensa, que a fuga é legítima. A sobrinha lhe diz que quer ir ao seu apartamento de novo.

— Era isso que a gente ia te contar! — grita o menino.

O pai sorri, apesar do nervoso passado havia pouco.

Ela diz que assim será.

— Mas meu pai me falou que nunca mais — diz a menina, sombria e triste.

— Por que ele disse que nunca mais? Você nunca mais vai vir à minha casa? Por que o tio disse isso? — pergunta o menino.

— Não sei, filho — responde a atriz. — Como vou saber o que se passa na cabeça do seu tio?

A menina não responde. A atriz pensa se o irmão se atreverá a proibir a menina de vê-la. A resposta é que não, que ele ainda não é tão cruel. Mas, ao descer do carro na porta da casa da mãe, a menina chama a tia de lado e pergunta se é possível se contagiar com aquela doença que o primo tem só de brincar com ele.

A princípio, ela não sabe a que a sobrinha está se referindo, até entender de onde vem a pergunta. Ela pensa na resposta adequada e finalmente decide lhe dizer que não. Só isso, que confie nela, promete que nada vai acontecer com ela.

— Você confia na sua tia?

A menina assente. Sua mãe a fez temer o menino que ela mais ama no mundo, tamanha é a ameaça que as mães depositam sobre o amor.

— Não é possível se forem tomados os cuidados necessários. De qualquer forma, seu primo é muito saudável. Há coisas de médicos que são difíceis de explicar. Mas confie em mim.

— Sou filha de uma hippie — confessou a atriz ao advogado quando começaram a sair. Como se isso fosse a pior coisa do mundo.

A atriz tinha aprendido com a mãe a não viver com discrição (e esse era, possivelmente, o melhor ensinamento que ela poderia ter lhe transmitido). Herdou sua paixão pela individualidade de um estilo, a liberdade da nudez, da desenvoltura.

Quando a atriz disse à mãe que queria se travestir, a mãe a abraçou e respondeu que nunca sonhara com a possibilidade de ter uma filha como ela, tão linda, uma amiga. De repente, tinha trocado o filho por uma amiga, e isso era muito melhor.

Que os outros vivam discretamente seus corpos, seus amores, suas vidas. Mas não elas.

O marido ri quando a atriz pede para lembrá-la de não se parecer com seus pais. *Não se pareça com seus pais. Você pode fazer o que quiser nesta vida, menos se parecer com seus pais.* Todos os dias ela dizia isso a si mesma.

A casa da mãe é um chalé com jardim, localizada quase no fim de uma colina. O desnível do terreno é uma das coisas mais atrativas da sua casa. Além disso, tem uma casinha nos fundos do terreno que ela aluga no verão para casais de turistas e um salão de cerca de vinte metros quadrados que agora funciona como oficina de carpintaria. A casa está abrigada sob as árvores que ela quis conservar quando comprou o terreno. Grandes alfarrobeiras, espinilhos, um palo verde e as árvores frutíferas que ela plantou desde o primeiro dia em que se instalou ali.

No vilarejo, os solteiros corriam para flertar com ela, e a mãe fez de tudo, tocou tudo, experimentou de tudo, como uma adolescente. Voltou aos seus antigos discos favoritos, a voz de Maria Bethânia cantando Noel Rosa, uma e outra vez. Um dia ela se olhou no espelho e se viu como sempre quis ser: sofisticada, profunda, imprevisível. Ao se livrar das correntes que a haviam levado a arrastar seu próprio aburguesamento, ela deixou as roupas insípidas de mulher casada e passou a se vestir com sedas transparentes, tecidos vazados, tingidos com corantes naturais. Pôs os corpetes na pilha de roupas para doação e sentiu uma liberdade nova.

— Eu não imaginava que me livrar de um homem era melhor do que ter um homem dentro de mim — disse ela numa festinha que organizou com suas amigas para comemorar o divórcio.

E então ela começou a ler cartas de tarô, algo que tinha aprendido com as mulheres da sua família. Era tão perspicaz e sabia tanto sobre as pessoas da vila e seus arredores que podia fazer um esboço, apontar um futuro, apenas olhando para as suas clientes. Você não precisa ser brilhante para perceber quais são as amarguras e as alegrias que oprimem as pessoas. Ela falava para ficarem de pé, pedia para fecharem os olhos e se imiscuía nos detalhes, qualquer coisa lhe servia para fazer uma previsão:

se a cliente estava maquiada ou não, algum hematoma, a textura do cabelo, o tamanho, as roupas que ela usava. Não era um privilégio só dela. Qualquer mulher da cidadezinha, acostumada ao silêncio e a viver a linguagem como um segredo, poderia ter feito o mesmo. Mas ela se aventurou e a sorte estava do seu lado. Quando as mulheres da vila telefonavam para marcar uma consulta e lhe falavam seu nome, na sua cabeça ela já elaborava um primeiro diagnóstico baseado em fofocas, nos disse me disse, nas suas observações como vizinha. As cartas, fossem quais fossem, só vinham confirmar suas previsões iniciais. O tarô tinha algo de poético, a mãe sabia disso, tinha poesia e mentiras.

Ainda assim, a tristeza da filha não aparecia nas suas cartas. Mesmo se fosse profeta, ela não podia ver os hotéis nos quais sua filha chorava sozinha depois de alguma aparição no tapete vermelho.

Como bruxa, ela havia ficado mais rica do que esperava, e podia se entregar a alguns luxos que nunca imaginara na sua vida de casada, como ir de férias para o Caribe mexicano, pagar por sexo com homens negros no Brasil, jantar em restaurantes sofisticados, dar presentes caros para a filha e o neto. E, como cereja do bolo, conhecera um jovem, um carpinteiro boêmio vinte anos mais novo que ela, que havia feito os móveis da casinha dos fundos e depois alugado o salão para instalar ali sua oficina. O rapaz tinha cabelos compridos e facilidade para falar com os animais. Depois do pai da sua filha, a vida a recompensava com essa carne jovem que à noite pulava a janela do seu quarto e a despertava, montando-a com uma delicadeza que parecia nunca acordá-la de todo.

— E como é? — perguntavam as amigas, morrendo de curiosidade.

— É como trepar com um homem de pedra — ela respondia, e as amigas rachavam de rir.

Assim como a filha, a mãe também andava nua pela casa. Tinha um corpo ainda firme, condensado com arte sob a pele morena, os seios de sessentona esparramados até a cintura, os quadris ainda arredondados, um púbis escuro e encaracolado. Costumava atender suas clientes mais antigas assim, nua em pelo, e isso fazia parte da atração. Seu nudismo a distinguia. Alguns turistas, seduzidos pela novidade, pediam um encontro com ela no verão. Mas a mãe não se arriscava. Como não conhecia a vida deles, não podia confiar apenas no tarô. Sempre dava a desculpa de estar exausta.

De alguma forma, do seu trono de cartomante e da sua mancomunagem com os demônios que lhe sugeriam o futuro, ela digitalizava a vida das mulheres, que buscavam desesperadamente sua ajuda. Era notável como as mulheres da vila tinham medo dos maridos, dos namorados, dos pais, dos tios que as estupraram quando pequenas, dos padrastos que as apalpavam quando adolescentes. O medo que sentiam aderia às paredes da casa como uma mancha de umidade. Chegavam mulheres espancadas, enganadas, desiludidas, espancadas novamente, mulheres aparentemente sem saída para os seus problemas. A mãe da atriz ia suturando feridas aqui e ali, como podia. Ela sabia que enfrentava a tristeza de ser mulher numa cidade pequena como aquela, onde havia punição por qualquer arroubo de impulso vital. Resistia ao embate dessas solidões desesperadas com a força obtida do rancor pelo seu casamento.

— Seu pai foi meu pântano particular — disse certa vez à filha.

A pitonisa era procurada para dar conforto. Para abraçar. Ela dava isso, mas não podia evitar manipular, em nome da magia, as decisões que aquelas mulheres tomavam. Provocou divórcios, escândalos, reconciliações e abandonos. Incitou guerras e sublevou pecados. Os homens do vilarejo a odiavam e a desejavam na mesma medida, e ela podia viver com isso. Os olhos de raposa em cima dos ombros, seus longos cabelos que eram uma armadura, uma cota de malha que a protegia dos seus odiadores.

— Sua mãe é mais travesti que todas nós juntas — disse à atriz a mesma amiga que a chamara de traidora na sua festa de casamento.

Certa tarde, enquanto passava férias na casa da mãe, a atriz desapareceu. *Foi tragada pela terra.* O menino perguntou por ela quando quis ir para o rio e ninguém respondeu. Procurou a mãe nos quartos, no quintal, e ela não estava lá. Pouco a pouco, começou a se desesperar e a desesperar sua avó. Ela alertou o pai do menino, para desesperá-lo também, porque não queria carregar esse fardo sozinha. Chamaram-na pelo telefone e ela não atendeu, mandaram-lhe mensagens de WhatsApp e ela não leu, ligaram para a casa do pai da atriz e ela também não estava lá.

— Que beleza, deixando todo mundo nervoso! — comentou o pai da atriz.

E o clamor de uma criança abandonada virou a casa de cabeça para baixo. A avó saiu para procurá-la na vila, foi com o menino até o centro e não a viram.

O marido também, por sua vez, procurou a atriz, mas com a tranquilidade de saber onde ela poderia estar. Pensou que tinha ido para o rio, para a casa do amigo bêbado do seu pai, aquele que *salvara sua vida*.

Desceu até o rio e, da margem, viu o velho podando umas árvores que já estavam se enroscando aos cabos de luz. Sua primeira hipótese havia fracassado. Onde sua esposa poderia estar se não fosse lá? Onde, onde, onde? Depois, foi até a casa da melhor amiga do colégio, e ela também não estava ali. Nenhuma notícia dela.

Quando voltou para a casa da sogra, deu um pulo na oficina de carpintaria, porque não havia nada a perder indo dar uma espiada lá.

E a encontrou.

E como! Cavalgando o amante da mãe, o carpinteiro boêmio de cabelos compridos, movendo-se tranquilamente, num compasso contido, como se dançasse num espaço reduzido, sobre um colchão de serragem, ele com as calças nos tornozelos e ela sem nem tirar a calcinha. Ela só a puxara de lado para que a penetrasse. O carpinteiro cuspia na mão e a molhava. Ela também cuspia e lubrificava o pau do bofe, que, de onde o advogado olhava, parecia enorme, quase duas vezes maior que o dele. Palmadas nas nádegas, tapinhas nos mamilos, mordidinhas lançadas a esmo. Olhos revirados, súplicas e suspiros. Metidas no cu e desvanecimento. O advogado podia ouvir até o suco jorrando do atrito entre uma coisa e outra, ele nunca tinha ouvido a atriz gemer daquele jeito.

Deixou o local em silêncio. Ao voltar para a casa, murmurou *que travesti de merda*. Ligou para a sogra e avisou o menino que a mãe estava voltando, que estava na casa de uma amiga.

À noite, a atriz e o marido discutiram. Felizmente, o menino dormiu no andar de baixo, aonde o barulho não chegava da mesma forma que no quarto da mãe.

— Você não vale nem a sujeira que junta debaixo das unhas! — ouviu a filha gritar.

Filha de tigresa, pensou a mãe.

Ela não entendia o que o genro estava respondendo. Parecia que a filha o estrangulava para que ele não falasse. E era capaz, era uma carne digna da sua carne. Tinha sido uma grande discípula na arte de enlouquecer um homem. Havia aprendido que não era o amor, que não era a rotina ou os dias de acordar um ao lado do outro que importavam, mas a satisfação de ter um cara com quem brincar e confundir. A arte de tirar de um homem qualquer ponto de apoio, feri-lo, fazer promessas, ameaçá-lo, desenhar um mundo que poderia ser destruído com um suspiro.

Recostada na sua cama, a mãe ouviu como se prolongava por horas uma violência que não podia ser mais que sexual. Podia imaginar o rosto do genro, que ela preferia acima da filha, do amante boêmio e até do neto. Sentia no couro a dor do marido da sua filha, que era o tipo de homem com quem ela fantasiava durante as noites ácidas de mulher casada, quando seu marido subia nela fedendo depois do trabalho e, com um pinto minúsculo, a penetrava por alguns segundos, gozava e se esparramava sobre seu corpo minado de anticoncepcionais. Algo muito diferente acontecia no andar de cima, algo para o qual talvez nem sua filha nem o advogado estivessem preparados. A mãe da atriz sabia muito bem disso, o que se enraíza com a chegada dos filhos, o que se cristaliza quando a vida se resolve, quando já se sabe de onde vêm o dinheiro e a felicidade.

Parecia que o teto ia cair em cima deles. Pela potência da fúria com que se ouvia um corpo contra o outro, uma espécie de gemido de uma casa inteira, uma energia obscura e densa que rolava pelas escadas e ameaçava devorar o filho e a mãe com sua sombra.

Desde então, o marido não aproveitava essas visitas à casa da mãe. Lembra-se do corpo nu da sogra, da provocação constante daquela mulher que ele não sabe como rebater, com aquelas batas chinesas compradas em bazares, o cheiro de maconha que seus móveis exalam, o perfume almiscarado das cortinas e almofadas. E há também a presença do amante da sogra, o carpinteiro desajeitado que transava com sua esposa na oficina.

O carpinteiro viril que não tomava banho, não se importava com sua aparência, tinha cheiro de madeira entre os dedos, roupas cobertas de serragem, com uma vida silenciosa na sua oficina, apenas o rádio tocando às vezes ou os discos de John Coltrane. Um carpinteiro que ele também teria comido se não tivesse tido um único ponto de contato com sua realidade. Algo que sua esposa travesti não havia aprendido.

    Ele não consegue evitar esse ciúme, e tampouco quer evitá-lo. É o preço do antigo acordo, o que se paga por não saber perder.

Jocasta e a prole travesti

A mãe da atriz os recebe vestida, por sorte. O marido respira aliviado. Já houve tensão suficiente na casa do sogro. A mãe está feliz, de braços abertos, esperando por eles na porta. Os cachorros da casa saem para recebê-los também, saltando e arfando. Da sala de estar soa a música brasileira de que a mãe tanto gosta. Ela carrega o neto com a força de uma jovem. Apesar de não saber os motivos, sente que as coisas não correram bem com o pai da sua filha. Ela os esperava à tarde, mas de qualquer forma é uma alegria recebê-los mais cedo. Está sozinha há alguns dias, um pouco tensa, precisava da filha, do neto, do genro. O que ela não esperava era ver a sobrinha da filha também. Não costuma se dar bem com crianças, com exceção do neto.

— O carpinteiro não está aqui, estou sozinha faz quinze dias, ele volta hoje à noite — diz a mãe.

— E onde ele está? — pergunta a filha.

— Na puta que o pariu.

A mãe ri. Está fumando incayuyo. O neto espanta a fumaça do cigarro da avó com as mãos.

— Não é como a maconha, mas afasta os maus pensamentos.

A casa cheira bem, uma mescla de arruda, alecrim e nopal que ela trouxe do México. Com o neto nos braços, ela fala para entrarem e pergunta o que eles querem beber. É a hora da sesta, mas ela não consegue dormir, está muito tensa e com dor de cabeça, é impossível conciliar o sono. A sobrinha da atriz é fascinada pelos enfeites da casa: estatuetas de deuses indianos, pássaros com miçangas, alebrijes, ídolos de cerâmica, bordados, tapeçarias em tear, tigelas de barro, bonecas, marionetes, caveiras multicoloridas dizendo à morte que é bem-vinda, pequenos altares a virgens morenas. A casa parece uma grande loja de brinquedos de amuletos contra o tédio.

Atiram-se nos sofás como cachorros. Estatelam-se. A atriz apoia a cabeça na saia da mãe. Depois da discussão na casa do pai, ela ficou esgotada. Ao ser recebida com tanta hospitalidade pela mãe, ela se sente sua filha. Um sentimento perdido entre as desavenças de duas mulheres como elas. O marido olha para elas embasbacado, deve ser a primeira vez que vê a esposa em tal estado de desamparo, como se a briga com a cunhada e o irmão a tivesse infantilizado. Todas as camadas de cinismo, indiferença, sua ânsia de manipulação, tudo perdido, para dar lugar a uma travesti desprotegida. De repente, a esposa tem a idade do seu filho.

— Tão linda, minha menina. Tão magrinha. Você está se alimentando bem? — pergunta a mãe.

— Sim, mamãe.

— Quando era pequena, não queria comer — diz a mãe ao marido. — O pai queria forçá-la a comer com cintadas. A luta que foi pra defendê-la...

— É que você cozinha muito mal.
Risos.
— Não é verdade. Agora eu cozinho muito melhor, você vai ver.
Sentir-se filha de alguém, não andar pela vida como uma órfã, como um velho e sofrido blues.
— Como seu cabelo está seco, filha! — continua a mãe.
— Você não passa nada depois de lavar? Muito seco, parece uma palha.
Aí está, o tapa na cara.
O rosto da atriz fica amargo, seus cabelos ressecam como terra, seu corpo fica encurvado. Vai sentar-se com o marido, constrangida.
— Tenho o melhor colorista do país. Eu cuido muito bem do meu cabelo, mamãe.
— Você não tem cabelo seco — conforta-a o marido, acariciando-lhe a cabeça.
Tudo volta ao normal. Sempre a mesma cantilena, que já foi ouvida em outras visitas. Ódio pelo pai da atriz. Como se ainda o amasse, como se ainda o odiasse. Não se contém na frente da menina.
— Ele é seu avô, você tem que saber como ele é — diz a mãe para a sobrinha da filha. — Melhor saber agora, pra que não parta seu coração quando você estiver esperando que uma alegria venha dele. Ele não sabe dar alegria a ninguém.
— Fique quieta, mamãe — reclama a atriz.
— É verdade. Eu conheço ele muito bem.
A menina olha para ela sem entender, a boca da velha se move, mas ela não entende o que aquela senhora diz. Conta fofocas que correm na vila, fala sobre o cheiro do pai da atriz.
— Lembra do cheiro que ele tinha? — diz a mãe.

— Vamos falar de outra coisa, pode ser?
— Vamos falar sobre como vai esse seu marido virginiano. Estou surpresa que ele ainda não tenha envenenado seu arroz.
— Eu não cozinho arroz, é carboidrato puro.
— Por que ele ia envenenar meu arroz?
— Porque você é ruim, porque você é rancorosa. Por que seria?
— A hora do sermão. Você ainda não reclamou de ter me parido a quarenta graus na sombra.
— É verdade, devia ser proibido por lei. Não parir no verão.

O menino volta do quintal com o nariz sangrando, bateu de frente com uma porta de vidro que não viu fechada.

A avó corre para o armário de remédios e traz algodão para colocar nas narinas do neto.

— Você não pode tocar no sangue — acrescenta a menina, muito preocupada.

— Não aconteceu nada, respire pela boca. Vocês vão dormir aqui?

— Não, vamos ficar mais confortáveis na casa dos fundos do Gargamel. Tem ar-condicionado e já deixamos nossas coisas lá.

A mãe solta uma gargalhada. Era assim que chamavam o ex-marido dela, Gargamel, porque ele era rabugento e também cabeludo.

— E como seu irmão se comportou?

O marido foge da sala levando as crianças antes que a bomba exploda.

— Seu irmão é um verme — continua a mãe sem que a atriz responda. — É um dos sujeitos mais desagradáveis da cidade. Foi por isso que ele se casou com aquela tonta.

A mãe enrola um baseado. A atriz conta à mãe o episódio das prostitutas aidéticas que foram expulsas da cidade a pedradas.

A mãe acrescenta mais alguns fatos, o que ela sabe das fofocas. Conta que as procurou e ofereceu que viessem até sua casa, mas elas foram embora entre xingamentos. Na entrada do vilarejo, elas cuspiram no chão e envenenaram o ar com seu rancor. As maldições naquela vila ficavam pairando por muito tempo.

O marido se sentou com elas novamente.

— Não consigo acreditar que ela falou isso na frente do menino. — A mãe está indignada.

— Sim, falou — afirma o marido.

— É uma ordinária, assim como seu irmão e seu pai.

Conclui a sentença com resignação, porque sabe que não há nada a fazer. Que a mulher a quem empresta uma casa para viver insulte dessa forma a filha e o neto, que ainda use a palavra *aidética*, que atrasada!

— Vou foder com a vida deles, vou pedir pra eles saírem porque vou alugar o imóvel. Quantos anos eles pretendem morar lá? Vou alugar e guardar o dinheiro pra ir pra Índia. Tenho vontade, uma viagem sozinha, hein?

A mãe acende um incenso de arruda, que ela mesma faz, pacotinhos de ramos de arruda. *Vamos afastar as más vibrações, alecrim, alecrim, deixar o ruim ir, deixar o bom vir... Vamos pôr um limite nas más vibrações, alecrim, alecrim, deixar o feio ir, deixar o belo vir...* O neto e a prima brincam no quintal com um dos cachorros da casa, o bom Narciso. A grama está amarelada.

A atriz percebe a linguagem corporal da mãe. Não é algo que passe despercebido, o corpo de uma mulher na frente de alguém de quem ela gosta. Ela sabe o quanto a mãe gosta do marido. A mãe diz que está feliz porque a filha se casou com um homem bom. Que homem minimamente decente a amaria tendo ela sido sempre tão complicada para os seus parceiros? Esse advogado era a bênção na vida da filha.

— Cuide dele, cuide muito bem dele, porque homens assim já não existem. Não estrague tudo, não dê uma de louca.

A tristeza do pai

Ao contrário da mãe, o pai da atriz se rendeu.
A ex-mulher dele não desiste, se esforça para ficar perto da filha. Agora o pai está imaginando a cumplicidade entre as duas, as coisas que estão dizendo sobre ele, sobre seu filho. Já especula as histórias que a filha vai contar na casa da ex-mulher, como nesse exato momento ela o censura por não ter intervindo no ataque do irmão.

— E meu pai, claro, não disse absolutamente nada, nem pra ele nem pra ela.

Mas seus filhos eram grandes. Não precisavam de nenhum Salomão que tomasse decisões por eles. Como ele ia se meter em algo que não cabia a um pai? Afinal, seu filho era doze anos mais novo. Era o filho que precisava de ajuda. Não a atriz. O que a atriz precisava era que o advogado a mantivesse no cabresto. Não com violência, agora que tudo é tachado de machista. Mas com autoridade de cônjuge.

Sempre tinha sido assim. Mesmo antes que seu filho tomasse as saias e os vestidos da mãe como suas principais roupas, o pai já tinha fama de violento e pouco amoroso. Que batia nela do nada. Que tinha perdido sua formatura. Que tinha perdido sua estreia. Que havia permitido que o irmão a agredisse. Que dava mais dinheiro para o irmão do que para ela. Que tinha esquecido seu aniversário.

— Oi. Você está sentado? — perguntou a atriz ao telefone, depois de muito tempo sem vê-lo.

— Não.

— Tenho uma notícia pra te dar.

— Pois bem. — O pai esperou e, do outro lado, a atriz ficou em silêncio. — Não tenho o dia todo.

— Você vai ser vovô.

Ele não sabia o que lhe responder naquele momento e desligou o telefone. A sensação não era nova, ele já era avô de uma linda menina. Sua filha era travesti, não podia ter filhos, apesar de ter ouvido coisas, ouvira falar de travestis casando com homens trans que tinham filhos, ouvira falar de adoções e barrigas de aluguel, mas nada disso tinha muito a ver com a filha ególatra que ele fizera tantos anos atrás. Talvez o advogado fosse um homem trans. Não, não achava que a atriz pudesse ser tão mente aberta. Talvez todas aquelas viagens ao exterior em que gastavam o que o outro filho ganhava em um ou dois anos eram porque estavam alugando o ventre de alguma estrangeira muito pobre. Ele tinha aprendido tanta coisa por causa da filha, vocabulário e consciência do que ela dizia e a maneira como dizia. Não queria aprender mais. Ela não podia simplesmente dizer como caralhos tinham trazido uma criança ao mundo?

Ela não insistiu depois que ele encerrou a ligação. Mas, na semana seguinte, ligou para ele de novo.

— A gente vai aí com seu neto no fim de semana. Limpe a casa dos fundos e nos espere com algo gostoso pra comer.

Só então o pai teve uma comoção sutil que se assemelhava a orgulho. E mesmo assim não se atreveu a perguntar. Apareceram na casa dele com um menino de seis anos que ela carregava como se fosse um bebê de meses. Encaixado no quadril. Como sua filha era forte. O neto falava bem, era simpático, educado. O pai gostava de pessoas que sobreviviam. O fato de seu neto ser um sobrevivente infundia um respeito na sua ética pessoal, uma admiração.

Monólogo da mãe

Eu queria um filho homem. Prestava atenção nessas coisas. Quando estava grávida, me diziam que ia ser menina, por causa do formato da barriga, e eu não queria. Não queria que fosse mulher. As mulheres da minha família sofriam muito. Minhas irmãs, minha mãe, minha avó. Os homens sofriam menos. Antes de saber que estava grávida, sonhei que dava à luz uma raposinha de pelagem ruiva que, assim que saía de mim, comia toda a placenta e fugia correndo. Aí descobri que estava de um mês e meio. Ela cresceu como pôde, eu a ajudei como pude, o pai dela também. Quer dizer, o pai não ficou contra ela, como já ouvi que os outros fazem. Não. O problema com seu pai sou eu, mas essa é outra história. Não vem ao caso. Então meu filho começou a roubar meus batons e minhas calcinhas, e eu senti que havia um espírito obscuro que o tirava de mim um pouco a cada noite. Um pouco a cada lua. Um dia eu acordei e meu filho não existia. Eu pensava muito no pai dela. Em como ele ia reagir. E me via intervindo por ela, para que ele não batesse nela, para que não matasse a própria filha. Mas não foi um grande choque. Para nenhum dos dois. Sabíamos o que tínhamos feito quando ainda nos amávamos.

A cicatriz na mão dela não foi feita por mim. Se ela disser o contrário, está mentindo. Quer me fazer ficar mal. Ela se queimou por acidente. Não sei como pode me acusar de algo tão horrível. Acreditar que eu seria capaz de uma coisa assim. Tudo que eu sentia por ela era amor e medo, nada mais.

Ela, por outro lado, não sabe o que é amor ou medo. Apesar de tudo que passou, apesar do marido que tem, ela não sabe.

Também me resignei a não ter netos. É o pagamento que nós, velhas, recebemos para suturar as feridas que deixamos nos nossos filhos. Eu já estava conformada com meus cachorros, com meus amantes, com as forças que rodeavam minha existência. E um dia ela largou a prostituição e virou atriz. E outro dia foi o namorado lindíssimo. E outro dia anunciaram o casamento. E um dia me disseram que eu era avó. E algo se rompeu dentro de mim. Eu, que nunca soube amá-la, sabia que ela se normalizava para tranquilizar seu pai e a mim. Nunca ninguém tinha feito um gesto desses por mim.

Numa noite de Natal, quando estávamos só nós duas, depois de vários drinques, ela chorou e me pediu perdão por ter feito isso comigo. Entre soluços, ela me disse que nem eu nem meu ex-marido merecíamos uma filha como ela. Eu também tinha sido picada pelo álcool e não suportava ver a culpa naqueles olhos que eram meus, naquele rosto que era meu, seu corpo também. Aquela parte de mim que sofria por termos nos traído.

Nunca soube que tipo de amor eu deveria dar a ela. Nunca pude com seu corpo. E isso porque as cartas me anunciavam, previam sua metamorfose, seu desprendimento, sua partida. Eu interpretava mal os sinais, ignorava-os, mas estou convencida de que todas as mulheres da minha família que a precederam, a história da minha família e do universo, mesmo a pedra mais insignificante ou o inseto mais venenoso, participaram do seu travestismo. Nós a inventamos, por necessidade da nossa estirpe. Nós a trouxemos ao mundo com bruxaria, ela chegou e está aqui comigo.

Monólogo do pai

Quando meu filho completou seis anos, demos a ele dois cabritos. Ele era pequeno como uma lagartixa, o menorzinho da escola. Ainda não tinha mudado de nome. Chamava-se como o tínhamos batizado, minha ex-mulher e eu. Escolher seu nome tinha sido fácil.

Eu tinha comprado uma cabra que estava prenhe, comprei-a por causa do leite, para poder ter leite em casa, porque o menino era alérgico ao leite de vaca. O nome da cabra era Jari. Pelos desenhos que via, dera-lhe esse nome.

Um dia eu tinha saído, não sei pra onde, não lembro exatamente, e minha ex-mulher e meu filho ficaram sozinhos. A vaca e o bezerro, eu lhes dizia, porque eles sempre andavam juntos. Era impossível eu participar dessa relação. Eram os dois e mais ninguém. Eu tinha ciúme, é verdade, mas o que eu podia fazer?

A questão é que o menino estava cochilando e minha esposa o acordou às sacudidelas. Ela disse para ele acompanhá-la até os fundos, pois a Jari estava parindo. E ele, num salto, foi ver o acontecimento.

Ele ficou tão abilolado com o negócio dos cabritos, porque os tinha visto nascer, que eu tive que dar os bichos de presente pra ele. Eram de cor preta e branca. Batizou-os de Pinky e Dinky. Que ideia! Deve ter sido algo que ele viu na TV, vai saber. Dormia com os cabritos, andava pra cima e pra baixo com os cabritos, não fazia nada além de brincar com aqueles bichos. Ele os chamava pelo nome e eles vinham correndo para os seus braços, como cachorrinhos, era incrível. Seguiam-no para a escola. "Meu filho, o cabrito", eu dizia, porque me irritava vê-lo assim, com aqueles animais que tínhamos dado a ele e que eram puro alvoroço, a maior barulheira em casa. Eu não aguentava toda aquela alegria, não gostava do barulho. Um dia, minha esposa estava lavando roupa no alpendre de casa, era inverno, eu me lembro. Ela lavava roupa à mão porque eu sempre fui muito imbecil, gastava dinheiro jogando sinuca, ou com mulheres, mas nunca pensei em lhe dar uma máquina de lavar para facilitar sua vida. E depois me pergunto por que ela me deixou... A questão é que ela estava lavando roupa e havia muito silêncio na casa, então desconfiei que os cabritos e a cabra tinham ido atrás do garoto, seguindo-o para a escola. Naquele dia, o menino tinha uma apresentação, não lembro se era 25 de maio ou 9 de julho, mas a questão é que ele estava recitando um poema na frente dos colegas, porque ele sempre gostou de atuar em público, e quando terminou e o aplaudiram, os balidos de aprovação que a família caprina deu também foram ouvidos. Minha mulher entrou como uma louca chamando os bichos: *Jari! Jari! Pinky, Dinky!*, e toda a escola se virou para olhá-la e rir dela.

Certo dia, estávamos curtos de dinheiro. Não lembro o que precisávamos pagar e não tínhamos um tostão furado, e ali estavam os cabritos. Meu padrinho, que era dono de um campo enorme perto de Chilecito, em La Rioja, já tinha me pedido os animais, porque ia ter um aniversário, não sei se da esposa dele ou da filha mais nova ou de quem, e então a mãe e eu decidimos abater os cabritos antes que o menino chegasse da escola. A gente ia vendê-los já em pedaços para cobrar mais dele. Trabalhamos rápido, em pouco tempo tínhamos terminado tudo.

Quando ele chegou da escola e chamou os cabritos para brincar, dissemos que os bichinhos tinham saído com o Papai Noel, para ajudá-lo a distribuir presentes de Natal. Que a gente tinha emprestado para ele.

Ele encarou bem, essa é a verdade. Ficou triste, mas aceitou bem. Depois entrou em casa e lanchou, fez a lição e quis sair para brincar no quintal. A questão é que não percebemos, a mãe e eu, que tínhamos deixado os couros dos cabritos pendurados no varal das roupas. Para curti-los. A gente põe sal e deixa o couro secar assim. Pobrezinho do meu filho. Saiu para o quintal e viu os couros dos cabritos, abaixou a cabecinha e entrou em casa.

Depois ele se trancou no quarto e ficou dois dias sem falar nem com a mãe nem comigo. Não queria comer, não falava com a gente. Minha mulher implorava para que ele comesse alguma coisa, mas nada. Até que me cansei e baixei suas calças às cintadas para que ele aprendesse a não nos deixar preocupados. Fui dormir com uma amargura em mim, porque o que eu tinha feito me machucava mais que a ele. E na cama eu percebi uma coisa. Naquele dia, meu filho parou de acreditar no Papai Noel. Naquele dia, perdeu a fé. Fiz uma coisa muito feia com meu próprio filho. Não vou me desculpar. Fiz e assumo. Mas quero deixar claro que matei os animais de estimação do meu filho por causa da pobreza. Foi tudo culpa da pobreza.

Naquele dia, meu filho parou de acreditar no Papai Noel, e foi tudo culpa da porra da pobreza.

A passagem

Era jovem, tinha vinte anos, voltava do passeio na prainha do rio. De repente apareceram à sua frente quatro rapazes e uma moça, gente do vilarejo com quem se podia cruzar no mercado, no terminal rodoviário, aonde quer que fosse. Um dos meninos, ao passar por ela, derrubou-a com um golpe na têmpora, com um galho muito grosso. Eles a arrastaram para o matagal e ali mesmo, com socos e chutes, iam se preparando para estuprá-la. A menina, que era a mais jovem, gritava de raiva, pedindo que a matassem. A atriz lembra como seu rosto ardia quando a arrastaram, porque ia raspando na grama. *Levante-se de uma vez ou você vai acabar morta nas mãos desses jecas com cheiro de bode. Levante-se de uma vez, porra, defenda-se, faça alguma coisa, se mexa, filha de uma grande puta, ou esses caipiras vão te espancar até a morte.*

Um deles já estava em cima dela, com o pinto duro prestes a penetrá-la, quando o bêbado apareceu com seu cavalo branco. "Alguns homens são heróis por natureza", dizia Carson McCullers.

O bêbado de quem as crianças tiravam sarro, que despertava os comentários maldosos dos homens e a piedade de meia-tigela que os cristãos sentiam. O mesmo que adormecia no lombo do seu cavalo, tão indefeso quanto ela estava agora. Com uma pá, ele atingiu dois dos agressores, que caíram no chão, e voltou a desferir-lhes golpes nas pernas. Os outros correram e desapareceram. A menina quis arranhá-lo e mordê-lo, mas ele conseguiu tirar o chicote preso nos arreios e a fustigou até que ela saiu correndo, machucada e ganindo como uma cadela. O bêbado, através do sangue que corria no rosto da menina, conseguiu identificá-la.

Pôs o corpo inconsciente da atriz no lombo do seu cavalo e, levando-o pelas rédeas, guiou o animal até a porta da casa da mãe dela.

— Aguenta, minha filha, não afrouxa — murmurou o bêbado, enquanto gritava para ver se alguém o ajudava. Parecia estar sozinho no mundo. Ninguém apareceu na estrada.

Na casa da mãe, ele chamou aos gritos até que a mulher saiu para ver o que estava acontecendo. E viu sobre o animal o corpo da sua filha. Enquanto a mãe se atirava em cima dela, o bêbado explicava com muita perplexidade o que havia ocorrido. Tentava fazer-se ouvir entre os gritos da mãe, já toda manchada com o sangue da filha.

Logo em seguida, o médico da cidadezinha chegou de ambulância e ela foi levada ao hospital. Foi internada enquanto toda a maquinaria da vida era ativada. A mãe avisou o pai. O pai ficou lívido, e seu coração pulava no peito. Ao sair, deixou um recado para o filho, que ainda não tinha entrado na adolescência: "Sua irmã está no hospital, não sei muito mais que isso".

Nunca pensaram que a tremenda fragilidade em que viviam as travestis fosse verdadeira; mesmo hoje, quando parecia que tudo estava melhor, quando havia leis e decretos. Sua filha, que morava na cidade e voltava para visitá-los de tempos em tempos, muitas vezes lhes contava sobre assassinatos, espancamentos e roubos de outras travestis que ela conhecia, e eles só se preocupavam em lhe dizer para proteger a si mesma, como se fosse possível se proteger do mundo. Eles achavam que a filha estava exagerando, os meios de comunicação diziam o contrário. Havia travestis profissionais, no vilarejo havia a dona do Supermercado Marc, a dentista, a professora de ioga. As travestis já faziam parte do tecido social. Eles não acreditavam que a matança continuaria.

A polícia queria tomar o depoimento da jovem, mas ela estava sedada. O bêbado, um pouco afastado, permanecia com a cabeça baixa. Um policial o interrogava com violência, e ele respondia entre murmúrios, submisso.

— Fale mais alto! — gritava o policial. A mãe foi intervir. Não podiam tratá-lo assim. O bêbado estava preocupado com seu cavalo.

O pai, viúvo e com muita dor, chorou então pela filha. A mãe achou bom saber que ele podia chorar. Ainda restava um pouco de humanidade naquele coração vagabundo.

— A partir de hoje, você pra mim é como um irmão — disse o pai ao bêbado, abraçando-o. O bêbado mal conseguia abraçá-lo, enquanto o pai chorava em silêncio na porta do hospital. Ele ficou olhando para a rua, que seguia seu ritmo da meia-noite como se nada tivesse acontecido. Mas, no ombro, sentiu como sua camisa estava encharcada com as lágrimas do pai da atriz.

A mãe se lembrava do silêncio repentino da cidadezinha. Se a humanidade acabasse, era assim que o mundo deveria soar, pensou. O céu já estava preto quando as sirenes da polícia começaram a berrar no meio do vale. As mulheres da vila, como se ouvissem um chamado místico, apareceram à janela. A mãe da atriz gritou na porta do hospital. No mesmo instante, uma mulher respondeu, bem próxima, com outro grito. À noite, ao duende azul da noite. E então gritaram várias vezes, e os cachorros latiram e o vale reclamou do crime que haviam cometido contra a atriz. Que era o mesmo que se cometia sobre elas, dia após dia, ano após ano, século após século, desde que a vila tinha sido fundada.

O pai foi até a delegacia para saber como o caso estava avançando.

— Se algum desses filhos da puta ficar livre, eu vou botar fogo nessa delegacia, saibam disso — ele ameaçou o policial que o recebia dia após dia com sua indiferença de sempre.

— A menina é menor de idade, não dá pra fazer muita coisa.

— Eu não dou a mínima se é menor ou não; se for solta, eu a crucifico com chicotadas na praça da cidade.

— Calma.

— Você viu como a deixaram? Você viu o rosto dela? Calma uma ova.

— Seu filho não devia andar sozinho vestido de mulher e passeando pelo rio.

— É minha filha, olha como fala.

— Não me ameace, senhor, estamos trabalhando — respondeu o policial.

— Você não me conhece. Eu não ameaço.

Era verdade que não ameaçava. Era capaz de atear fogo na delegacia. Não só porque estavam sendo inúteis em deter os agressores, mas também porque quiseram fazê-lo acreditar que a culpa era da filha.

Passaram seis meses presos. E então todos eles foram liberados, um a um. A adolescente que estava com eles saiu ilesa. Também quiseram pôr o herói bêbado atrás das grades, porque ele tinha machucado os meninos. O pai da atriz acreditava que ia morrer de tanta injustiça. O mundo não poderia ser pior. Principalmente para ele, que se achava um homem muito justo.

Depois de um tempo, uma nova grama brotou no terreno incendiado dessa família. A vida se rearranjou, a filha se recuperou, uma terapeuta começou a visitá-la no hospital, a mãe renovou a força do seu afeto, o pai ia vê-la todos os dias, levava flores, levava comida, passava pomadas nas suas feridas. Só nessa fragilidade a atriz parecia existir para ele.

Ela ainda estava internada quando o bêbado apareceu de banho tomado, perfumado, com um buquê de flores silvestres contra o peito, que ele pressionava com tanta força que já pareciam murchas.

— Foi ele que te encontrou — disse o pai.

— Como está? — perguntou o bêbado com um fio de voz.

Ela, em resposta, o abraçou e chorou no seu pescoço. O bêbado nunca havia abraçado um corpo tão pequeno. Era como segurar um coelhinho nas mãos.

O pai da atriz lhe ofereceu um emprego, tornou-se seu amigo, cuidou dele. Quando viajava, deixava-o cuidando da sua casa, e não é pouca coisa a dizer. Não havia ninguém no mundo mais desconfiado que o pai da atriz.

Passaram-se os meses. Para o Ano-Novo, a atriz foi até a casa do pai procurar alguns legumes da horta, e então encontrou seu herói sentado na entrada da casa, acariciando a fronte do seu cavalo branco, que estava de olhos fechados. O bêbado sentia tanta vergonha na frente dessa travesti que ficou vermelho e gaguejante, e não exatamente por causa do vinho que estivera bebendo desde a manhã. Não era a mesma menina que ele carregara no ombro para pô-la no cavalo. Não era como outras travestis que ele conhecia; ela era leve, pequena, sua voz era como sinos repicando muito ao longe.

A menina carregava uma sacola cheia de chicória, tomates e cenouras, e havia colhido alguns pêssegos do sítio e também uns cachos de uvas. Ao vê-lo, gritou como se tivesse visto uma alma penada.

— Não se assuste, por favor — implorou ele.

— Não me assustei, fiquei surpresa — respondeu ela. — E meu pai?

— Seu pai foi pra casa da namorada. Me deixou cuidando daqui.

— Que namorada meu pai tem agora?

— Não sei, são coisas dele...

— E você vai passar o Ano-Novo sozinho? Você não quer vir passar comigo e com minha mãe?

— Não, prefiro dormir cedo, assim não bebo tanto.

— Bem, por via das dúvidas, vou falar pra minha mãe pôr mais um prato na mesa.

Ela foi buscar uma sacola maior para levar os legumes e ele a seguiu pela casa. Quando estavam próximos, tão perto que se podia sentir o cheiro do álcool que brotava do seu pescoço, ela foi até a mesa da cozinha, se apoiou, levantou o vestido até a cintura e ofereceu a ele seu cu, que era pétreo e redondo, e ele ficou duro, como se tivesse visto um alienígena. Ele queria falar e não conseguia.

— Venha, por favor. Venha, eu preciso de você — disse a atriz fazendo biquinho.

— Não. Aqui não.

— Vamos. Vem cá, vem. Quero que você cuide de mim aqui também.

Ela abaixou a calcinha e o bêbado pôde sentir o cheiro de creme e sabonete vindo de entre as nádegas. Ela se ajoelhou e o beijou, e ali mesmo consumaram um rito de gratidão. Os meninos do quarteirão soltavam foguetes e rojões como loucos, enquanto o bêbado entrava naquela carne que ele mesmo havia trazido de volta à vida. Ela pedia que ele cuspisse no seu cu para permitir que se movimentasse com mais facilidade, e o cheiro da sua saliva era azedo, uma mistura de vinho e tabaco. No começo, ela sentiu dor e entendeu que aquele homem não trepava com ninguém havia muito tempo. Anos e anos desde que ele tinha substituído o prazer da carne pelo álcool. Foi tão breve que ela nem conseguiu se acostumar com a dor e começar a aproveitar. Antes do orgasmo, ele tirou e derramou todo o seu sêmen nas nádegas que ela lhe deu de presente para se despedir do ano velho. Em seguida, ele levantou as calças e correu para pegar guardanapos para limpá-la.

— Por favor, não conte nada ao seu pai.

Ela não respondeu. Com um olhar perverso, deixou-o sozinho na casa do seu pai e voltou à casa materna como se nada tivesse acontecido, para beber champanhe e comer pão doce de fermentação natural.

Primeiras conclusões

Depois de fugir do pai e passar a tarde na casa da mãe, ela não teve tempo de ver o bêbado, e isso a revolta. Deixa-a com raiva. Sente uma bola de fogo na garganta, uma irradiação de calor que a desconcentra, que não lhe permite ver claramente. Está tonta de desejo por aquele homem. Ela se acostumou a não ter palavras para dizer a si mesma o que quer dele. Mas lá está, ardente, arquitetando uma estratégia para escapar e se jogar em cima do bêbado sem dizer uma palavra. Aquele pacto silencioso que aperfeiçoou seu maior desejo, de não dizer uma palavra para o outro: chegar, trepar, vestir-se e partir. E, embora pareça tão simples, era seu desejo mais poderoso.

Enquanto toma chá com a mãe, estupidificada pelos seus pensamentos, morde a língua e sangra. A mãe corre e passa mel nela. O marido e as crianças estão lá fora. As três crianças.

— Isso vai fazer coagular rápido. Mel é coisa séria — diz a mãe enquanto unta a língua da filha com uma colher de chá.

— Você está ansiosa. Aquela Vênus em Capricórnio vai acabar te matando.

— Não é hora de falar do meu mapa astral.

A filha se morde de raiva.

— E você está mais magra. Está se alimentando bem? — A mãe continua o trabalho de escavação.

— Sim, mas eu gosto de ficar bem magra.

— Mas tão magrinha assim, tenho medo que você fique doente, filha.

— Fico doente quando não me deixam em paz.

A filha a ignora. Procura na geladeira algo para manter a boca ocupada.

— Nunca tem nada de bom pra comer nesta casa!

A mãe oferece torta de espinafre, omelete de batata, homus, mas a atriz recusa tudo. O neto chama a avó do quintal. A mãe da atriz sai e rola com o menino na grama ressecada. Ouvem-se as risadas lá da cozinha.

Quando volta, encontra a filha sentada no balcão olhando para o pátio, em direção à oficina do carpinteiro.

— Que energia sua sobrinha tem, realmente — reclama a mãe.

A filha olha para ela, retraída no seu ânimo. Ela é o tipo de travesti que sabe, porque aprendeu com sangue, que nada pode ser possuído nesta vida a não ser o ânimo que nos acompanha desde o momento em que nascemos até morrermos. A mãe entende, é algo muito antigo que as mulheres que vivem em família compartilham, aquele esgotamento que os filhos deixam depois de um dia inteiro de convivência. A exaustão que um homem provoca, mesmo que apenas cinco minutos tenham sido compartilhados com ele, a extração de sangue que significa a presença de um homem que não pode ser evitado.

— Estou exausta. E agora ele pediu que a prima vá pra casa. Tenho vontade de desaparecer.

— E a peça? Recortei as críticas dos jornais. — A mãe adota um ar teatral. — Uma virtude: a atriz. Um pecado: não vê-la.

— Já falei que não me interessa guardar essas coisas.

— Está dormindo bem?

— Não durmo bem há anos.

— Eu te falei, filha. A solidão lhe caía muito bem.

— Agora você quer me fazer sentir culpada.

— Não, eu quero te dizer que sempre é tempo de ir embora.

— Não me manipule.

— Não sou eu que te manipulo. Você sabe quem é. Você precisa aceitar que pra não ser manipulada você tem que ficar sozinha.

Por dentro, ela experimenta um prazer que vem da vingança. Dá uma trégua para a filha.

— Bem, agora você sabe o que é ser mãe. Agora você poderia me entender.

— Se eu te entendesse, não teria mais nada pra fazer no mundo.

— E ciúme agora, por conta de quê? Quem está provocando isso?

A atriz respira devagar e profundamente, procura o sofrimento para poder falar sobre o que lhe acontece.

Em vão, a mãe lhe recorda que o desejo que o marido sente por ela está mais vivo do que nunca.

— Acredite, sou uma bruxa. Esse cara é apaixonado por você. Ele pode transar com qualquer um, mas quem ele quer é você.

— Mas você sabe que o amor não me importa. Que isso não tem nada a ver com amor.

Do quintal, as crianças e o marido a chamam. A mãe se incomoda porque também sabe que a filha tem um limiar de paciência muito pequeno e é capaz de ir embora, desaparecer, gritar, dormir num hotel para não os ver.

A mãe se oferece para levar as crianças ao rio. O marido se junta a eles. Pegam toalhas e água fresca, brinquedos e boias, e partem para o rio. Perguntam se ela realmente não quer ir, se prefere mesmo ficar sozinha. Os cachorros também entram no carro e a casa fica em silêncio.

— Na caixinha de madeira em cima da geladeira tem um baseado — sussurra a mãe.

A atriz fica sozinha naquela casa onde se tornou travesti. Perambula em busca de boas lembranças, vai até seu quarto, que se mantém intacto apesar dos anos, quase sem sofrer mudanças. O quarto de uma adolescente que era apaixonada por Sting e The Doors. Ela se deita na cama e cochila sob o ventilador de teto. Ali onde ela fez amor com o marido tantas vezes. O mesmo quarto em que a mãe lhe depilou as pernas pela primeira vez, com uma cera que exalava um cheirinho de queimado.

Quando começou a se travestir, o escândalo mudou os ânimos da cidadezinha. É claro que, naquele povoado, sempre viveram vinte anos atrás do resto do mundo. O futuro não tinha chegado. As pessoas olhavam para aquela família como se fosse amaldiçoada, como se fosse portadora de ventos nefastos. Se a mãe entrava num supermercado, ficavam em silêncio e não falavam com ela. A filha, no colégio, passava por momentos difíceis todos os dias. Ninguém queria mais se juntar a ela para fazer trabalhos, ela não podia mais ir às aulas de educação física porque todas as atividades eram em grupo e ninguém a queria. Quando se viam forçados a dividir um espaço com ela, seus colegas de turma a ignoravam, faziam como se ela não existisse.

— Não ligue, filha — dizia a mãe quando a encontrava chorando. — São uns imbecis. São uns idiotas. Você é uma luz neste colégio.

A perseguição foi acompanhada pelas autoridades escolares, que ligavam para o pai e a mãe a torto e a direito para questioná-los sobre esse novo caprichozinho do bebê, essa sinuca de bico na qual haviam entrado. Atribuíam seu travestimento à recente separação dos pais, à liberdade excessiva com que a mãe o criara, à indiferença com que o pai tratava tudo relacionado ao filho.

— Ela já decidiu — disse a mãe à diretora da escola. — E eu vou apoiá-la em qualquer coisa. Ela é muito inteligente pra se enganar sobre algo assim. Ela é a melhor aluna do colégio, não é?

— Sim, mas os outros pais não vão aceitar uma situação dessas.

— Minha filha se educa sozinha. Ela não precisa vir aqui pra aprender nada. Minha filha não precisa de vocês. Mas vocês precisam do nosso dinheiro.

Finalmente, como os homens e as mulheres são animais que se acostumam, encontraram uma maneira de viver dentro do menor dano possível. Mas nem todos tinham o mesmo desejo de tolerar uma degeneração dessas. Era um vilarejo muito tranquilo para ter que lidar com uma travesti. Então, os membros mais religiosos da comarca começaram a organizar reuniões em frente à casa da mãe, com terços e orações para remover o demônio que a atriz carregava dentro de si. Se ela ou sua mãe saíssem de casa, os fanáticos entoavam cantos nos quais abundavam palavras como *aleluia, cordeiro, Deus, alma, perdida*. E tudo que elas podiam fazer era se calar, abaixar a cabeça e seguir em frente.

Um dia, a filha chorava no mesmo quarto onde agora rememora essas coisas. A mãe bateu na porta para pedir ajuda com um sofá que queria mudar de lugar e a encontrou coberta de lágrimas. Com tanta dor que teve medo.

— O que está acontecendo, filha?

— Estão aí fora de novo, já me cansaram — respondeu a atriz, enfastiada pelo assédio. — Acabaram de jogar água benta em mim.

— Isso acaba hoje — determinou a mãe, e desceu as escadas com passos tão pesados que a filha temeu que os degraus desmoronassem. Pela janela ela via os religiosos, que carregavam cartazes em que se podia ler:

NÃO QUEREMOS TRAVESTIS NA NOSSA VILA.
A SODOMIA ENFURECE NOSSO SENHOR.
ARREPENDAM-SE, PECADORES.

Ela ouviu a porta da casa se abrir e se aproximou da janela. A mãe saiu ao encontro dessas pessoas odiosas e infelizes, com uma espingarda que o ex-marido lhe dera para se defender, agora que já não vivia com ele.

— Vou contar até cinco. Um, dois...

— Estão vivendo em pecado! Deem a mão pra Deus, deixem que a gente ajude vocês!

— Três, quatro...

As mulheres em transe místico começaram a cair na realidade, e nunca se soube se foi o olhar da mãe tão segura de si mesma ou o quê, mas começaram a recuar, amedrontadas.

— Cinco — disse a mãe. E atirou para o céu. O tiro ressoou por todo o vilarejo. Os fanáticos fugiram. A mãe caiu no chão, soltou a espingarda e chorou por muito tempo. A filha desceu as escadas e a abraçou. Também chorou. Muitos anos depois, entenderia esse privilégio.

A tarde começa a se formar e a atriz sente a pontada da ausência do filho. Essas horas de solidão são tudo de que necessita para se sentir melhor. Vai à oficina do carpinteiro, ronda entre suas coisas, lembra-se do cheiro de lombo de cavalo que o namorado da mãe tem, da forma tosca como fazia amor com ela. A falta de jeito heterossexual, diz ela, o desconhecimento da prática do sexo anal.

Quando as galinhas do curral vão dormir, escuta o carro do marido. Já preparou tudo para voltar à casa do pai.

A mãe se despede deles com carinho, um pouco angustiada com o que pode acontecer na casa do ex-marido. Pede que voltem para sua casa ao sinal da menor descortesia, que não fiquem lá sendo maltratados. Parece não haver rastro da mulher que os acolheu falando mal do pai, do irmão, do mundo inteiro.

Em seguida, o menino a abraça e os dois trocam segredos no ouvido um do outro e riem. A atriz olha desolada para os segredos da mãe com o filho. O marido a cumprimenta com afeto. A filha pensa no banquete que foi para a mãe caso o marido, no rio, tenha tirado a camiseta e ficado de sunga.

— A gente conversou muito pouco, filha.

— Bom, mas você foi pro rio com as três crianças.

— Sim, mas eu queria conversar um pouco mais com você. Sinto muito sua falta.

Eles partem e deixam a mãe sozinha no batente da porta. Ela joga beijos com as duas mãos.

Voltam para a casa do pai e lá encontram o seguinte retrato: o irmão bêbado em frente à televisão gritando feito louco por causa de um jogo de futebol, a cunhada grávida que recebe a filha penteando-a com violência.

— Toda suja, com cheiro de peixe, com a roupa molhada. Olha o seu cabelo como está.

A menina com os olhos vermelhos de dor.

Do lado de fora, o pai da atriz, como um guardião do churrasco, vigia toda aquela vaca morta posta na grelha para receber os filhos. O pai finge que nada aconteceu ao meio-dia, que ninguém brigou com ninguém. Este é um grande talento do pai: fazer de conta que nada acontece, que nada aconteceu, que nada vai acontecer, viver num nada constante. Sua ferocidade defendendo esse nada é tocante.

A filha vai até a casa dos fundos em busca de um casaco e encontra a cunhada torturando a menina enquanto lhe faz algumas tranças.

— Devagar, coitadinha, você está puxando muito o cabelo dela.

— É pra que não pegue piolhos.

— As crianças têm piolhos. Não tem o que fazer — responde a atriz. Acaricia a menina e põe um saco cheio de doces nas suas mãos.

O marido ajuda o sogro a assar a carne. A atriz põe a mesa, as crianças brincam, os cachorros do pai brincam com elas. O pai às vezes os repreende porque tem medo de que eles se batam. De dentro da casa é possível ouvir os gritos do irmão quando um dos times marca um gol.

A cunhada a procura e pede desculpas pela ofensa feita ao meio-dia, em voz muito baixa, como se estivesse compartilhando um segredo.

— Eu nunca quis agredir seu filho. Você acha que eu ia ser capaz de uma coisa dessas?

O irmão termina de assistir ao jogo e vai até o carro pôr música. Tão irritante, tão violento até o último momento. Pedem-lhe para abaixar o volume, mas ele não faz caso, continua com sua música. O marido passa pela atriz e diz no seu ouvido:

— Não se preocupe, amanhã estaremos de volta. Amanhã tudo passa.

Uma vez que a música atordoa, o irmão aproveita que a atriz está na casa dos fundos falando ao telefone e entra. Ele fecha a porta e a encara, enquanto ela discute com alguém sobre um horário de entrevista. O irmão se pergunta como ela conseguiu chegar tão longe na carreira e na vida. Também se pergunta como a irmã aguenta o marido. Ele sempre a imaginou saindo com caras viris, capazes de conter seu ímpeto, seu temperamento difícil. Não entende o que ela vê nele. Quando termina de falar ao telefone, sorri exausta, tem bolsas debaixo dos olhos, a comissura dos lábios detida numa triste careta.

— Você está muito linda.
— Por que está me dizendo isso?
— Não sei, queria dizer mais cedo, mas sou um idiota.

Ela acha que vai chorar se ficar mais um segundo na frente do irmão, e não quer que ele a veja chorar. Ela se levanta e vai até a porta. Ele bloqueia seu caminho. Ele a abraça e a deita no chão. Faz cócegas nela. A atriz se desespera e quer se livrar dele, mas ele é um cara forte. O irmão a faz engasgar de rir enquanto está em cima dela, entre suas pernas. Quando se cansa de incomodá-la, ele se levanta e vai embora. Ela fica no chão por um momento, recuperando o fôlego.

O jantar está bom. O pai faz bons churrascos, e o do meio-dia deixou um gosto amargo. O jantar é sua redenção. O irmão faz alguns comentários infelizes, de modo que até o pai se irrita com ele e diz que não o aguenta mais, que não sabe a quem ele puxou, tão imbecil. A cunhada representa muito bem o papel de arrependida. O marido está cansado, sua beleza se desvanece naquela hora; no entanto, ele irradia tranquilidade numa mesa de família onde tudo o que sente é rejeição. *Coitado do meu maridinho, o orfãozinho*, pensa a atriz. Ela tem que aprender a não arrastar seu marido para o quinto dos infernos que é sua família, não o expor a isso. O marido também está cheio de pena da atriz. E gostaria de estar com ela e o filho no apartamento, os três no sofá ou os três na cama. Mas não, estão na casa do sogro, depois de todas as agressões.

O menino e a menina são o delírio da noite. Cantam, contam histórias, proezas feitas no pátio da escola. A menina imagina em voz alta os dias com seu futuro irmãozinho e recita o "Romance de la luna, luna" de García Lorca, gesticula, imita o sotaque espanhol. Sua tia, a atriz, cochicha no seu ouvido os versos que ela esquece.

Não seria um jantar de família se o pai, incentivado pelo vinho, não falasse do seu cachorro. Às vezes eles fazem piadas sobre o vovô emocionado por um cachorro que teve e amava mais que a seus próprios filhos. Com a nova dentadura, que não controla e às vezes cai.

— Quando eu estava triste, ele vinha lamber meu rosto.
— Como se chamava, vovô? — pergunta o neto.
— Malevo. Cachorro mais fiel que aquele nunca existiu.

E começa a narrar a lenda do seu cachorro que foi injustamente desterrado e enviado para o campo por morder um vizinho.

— Ele parecia querer me dizer alguma coisa às vezes — diz o pai e se emociona, em parte por causa do vinho, em parte pelas crianças, em parte porque o irmão já está dormindo de embriaguez e não interfere na sua melancolia.

O marido desperta da sua letargia, pede desculpas, mas anuncia que vai dormir. Ele quer tirar os pratos da mesa, mas o pai o impede. Dirige-se à casa dos fundos e a atriz diz que já vai.

— Vá dormir, papai. Já é tarde. Não abra mais nenhum vinho. Isso parece um cassino clandestino, com toda essa fumaça e as garrafas vazias.

— Vou terminar essa taça e já vou, filha.

— Vou levar uma garrafa pra cama — diz o irmão, que acordou de repente.

A atriz leva as crianças ao banheiro e vigia para que elas escovem bem os dentes. Em seguida, leva-as para o quarto e abre levemente a janela para deixar entrar a brisa da noite. Antes de deixá-las sozinhas, ela dá a medicação para o filho, que resmunga. Às vezes, na frente da prima, o menino não quer tomar a pílula, mas dessa vez ele toma. Ao voltar para a sala de jantar, ela se despede do pai com um beijo na testa. Avisa à cunhada que vai levar a menina para a cidade, que está de férias, que lá ela pode ir ao cinema, ao parque, brincar com os amigos do menino, que são muito divertidos.

— Sim, claro, desde que você cuide dela — responde a cunhada.

As crianças no quarto ligam a televisão num volume bem baixo. Os outros ficam onde estão. O irmão ronca sobre a mesa e a cunhada devora os restos das bandejas. Quando a atriz sai para o pátio, o pai a alcança, a pele do seu pescoço treme um pouco; a filha percebe naquela pele, naquele pescoço de peru que de repente é o pescoço do pai, que o tempo passou sem fazer muito entre eles.

E o pai, o quê? O pai tão trabalhador, tão ocupado em medir os outros pelo tipo de esforço que fazem no trabalho, tão rigoroso para os vínculos, por que ele nunca pôde se aproximar da filha? Mesmo querendo, por que recuava na tentativa de procurá--la, de perguntar-lhe algo, a coisa mais simples, *O que está doendo?*, *Do que você gosta?*, *Como eu te machuquei?*, coisas que ele queria saber como pai, coisas que ele acreditava que deveria saber sobre a filha, que eram importantes para manter uma ligação, por mais fraca que fosse, com o espírito da sua filha? Às vezes pensava que só ele poderia ser o pai daquela travesti que tinha saído de si mesmo. A travesti no tapete vermelho de Cannes, a travesti na propaganda de um perfume num cartaz gigante, que de vez em quando era um dos assuntos mais comentados no Twitter. Quanto do travestismo da filha era uma mensagem para ele? Quanto desse mistério correspondia a ele como pai, como autor até? O que ele havia feito para que sua filha transmutasse de um menino numa mulher? Ele se lembra dela internada, sem reclamar, dizendo *estou bem, papai* para tranquilizá-lo, para tranquilizar a mãe, que era o que ela fizera durante toda a infância. Dar pequenos calmantes àquele casamento destroçado. Lembrava-se da dor profunda, do tremor na voz da filha, do dia em que lhe disse que não iria à sua formatura. O quanto sua ausência havia doído nela. As traições, as feridas que ele foi pincelando pouco a pouco no espírito da filha. Poderia ter sido feliz com uma filha assim, louca, destemida como as ervas daninhas da sua infância, teimosa, forte. Poderia ter envelhecido alegremente sabendo-a no mundo. Simplesmente se ela tivesse sido mulher desde o nascimento.

Agora, bem na frente dela, ele não sabe dizer nada disso e talvez nunca saiba.

— Já pus todos os legumes e frutas em sacolas. Amanhã você leva pro carro. Também coloquei uns pães que assei de tarde.

— Obrigada.

A atriz lhe dá um beijo e deixa-o sozinho na cozinha.

A menina e o menino, no quarto que era da mãe, são encorajados pelas imagens da televisão, um casal fazendo amor no banco de trás de um carro. Eles também se excitam. Apertam-se com muita força um contra a outra, as pelves se entrechocam, eles trocam beijos na boca com os lábios fechados.

— Te amo — diz a menina.

— Eu também — responde o menino, entre o medo e a vergonha.

Na casinha dos fundos, a atriz se encontra com o marido que está prestes a dormir e, depois de todo aquele dia que nem imaginava na noite anterior, quando voltou do teatro e viu a chupada no pescoço, se despe, cola-se a ele e corresponde quando ele a procura para comê-la. Responde com vontade, com desejo, oferece-se inteiramente a ele, empinando a bunda e deixando-o entrar sem preliminares.

Do lado de fora, fumando um cigarro, o irmão a ouve gemendo e cospe na terra sua amargura.

No dia seguinte, acordam cedo. As crianças são as primeiras a levantar. Em seguida, os cachorros do pai acordam. Depois, o pai desperta com os latidos dos seus cachorros e, finalmente, os esposos. Ambos os casais. O rádio toca antes das vozes. O pai faz chimarrão para aquecer os netos. Ele os ensina a picar o pão dentro da xícara e comê-lo embebido em mate cozido, assim como fazia quando era criança.

— Que delícia que é isso, vovô, que delícia! — diz o neto.

A cunhada acorda com enjoo e é agressiva com o marido, o irmão da atriz, que naturalmente acorda sufocado pelo calor. Tenta trepar com ela de qualquer jeito, sob quaisquer artifícios. Agora que sua esposa está grávida, ele cismou de querer apenas sexo anal. É a única maneira de ficar excitado e conseguir uma ereção. Depois, sua vida sexual é muito afetada pelo alcoolismo e pela dependência de cocaína, e sua esposa pode viver com isso. Aguenta por enquanto, porque está grávida.

O caminho de volta. A rota no meio dos campos de soja. Entre os estabelecimentos de confinamento de gado e as lojinhas de charcutaria.

As crianças no banco de trás estão tranquilas. A prima acaricia as costas do menino com muito amor, com medo de que o primo vomite.

— Você está bem? Está se sentindo bem?

Eles param num mirante para esticar as pernas e comprar refrigerantes. Enquanto paga no balcão, a atriz pensa no pai, em como ele ficaria solitário se ela decidisse se afastar dele para sempre, se cortasse os laços que a mantêm próxima. Ela sabe que seu irmão é incapaz de resolver as armadilhas que a velhice vai estendendo a ele. O marido brinca com as crianças e ela tenta pensar numa boa lembrança com o pai.

Os gritos do filho e da sobrinha a tiram daquela busca infrutífera. Ela não encontra lembranças agradáveis com o pai.

As crianças já estão cansadas de tanta brincadeira. Ela está cansada da brincadeira das crianças.

Chegam ao apartamento. As crianças correm desabaladas para o quarto. Ela e o marido descarregam toda a viagem. Põem na geladeira a comida que trouxeram da casa do pai.

— Vou tomar uma ducha e depois improviso algo pro jantar — propõe o marido.

— Não, tudo bem. Vá tomar banho, eu cuido disso. É cedo.

O marido se aproxima com a intenção de beijá-la na boca, mas ela se esquiva.

— Estou com mau hálito, desculpe.

— Eu não me importo com isso. Além disso, você não tem mau hálito — responde o marido.

— Mas eu me importo. Vou fazer torta de legumes, assim a gente cozinha tudo isso, que os orgânicos estragam muito rápido.

Ela se despe enquanto o marido está no chuveiro, se olha no espelho e nota com desagrado a flacidez da carne da barriga. Com atenção, observa o hematoma esverdeado no quadril, o hematoma que seu diretor lambeu como se ela fosse a última travesti na face da terra. Põe um vestido de algodão e volta para a cozinha, o território do marido. Aquele lugar que o marido tirou dela alguns meses depois de se mudar para sua casa.

Ela corta os legumes, refoga-os na wok, acende o forno, faz a massa para suas tortas. O apartamento esquenta de repente, então o marido, saindo do chuveiro coberto apenas com uma toalha na cintura, liga o ar-condicionado e reclama que não foi uma boa ideia ligar o forno com esse calor. As crianças aparecem de maiô e correm de um lado para outro. As risadas, os gritos, as coisas que derrubam na sua corrida, o calor do apartamento, o marido sentado em frente ao Mac conferindo os e-mails do fim de semana, as mensagens dos seus eventuais amantes que ficaram decepcionados com sua ausência. Ela tenta cozinhar da forma mais decente possível, como se estivesse fazendo uma prova, já que o marido reivindica a hegemonia do bom gosto, da fantochada gourmet, com a supremacia do seu paladar internacional. O que ela cozinha sempre tem um defeito. Sua falta de classe, o pecado de ser filha de um simples agricultor e de uma leitora de tarô.

A sobrinha se machuca nas brincadeiras com o filho e ela precisa ajudá-la, com o coração na boca, novamente, pela vida das crianças. Felizmente não é nada, mas serve de desculpa para pedir que brinquem mais devagar, que a cabeça dela está doendo, que não podem brincar desse jeito.

— Não estamos mais no campo — acrescenta.

— Que novidade — responde cinicamente o filho.

Ela pensa que, se fosse possível, daria um tapa na cara dele por essa insolência.

Quando as tortas já estão no forno, ela põe a mesa na cozinha. O marido aparece e lhe diz que é melhor jantar na varanda, que lá dentro está muito quente para comer. Então ela tem que tirar tudo e ir para a varanda para pôr de novo a mesa.

— Os mosquitos vão nos comer — diz ela enquanto passa com os pratos e o jarro de limonada para as crianças.

— Passe repelente — responde o marido.

— Sim, adoro comer com esse cheiro na pele.

Depois que a mesa é posta na varanda e já muito irritada com o marido, com as crianças que a atordoam, com sua barriga flácida, ela vai para o quarto e fecha a porta enquanto espera alguns minutos, até que o jantar que preparou para sua família termine de assar. Deita-se na cama. Fecha os olhos por um momento e ouve os passos que se aproximam pelo corredor. *Não venha, não venha, não venha.* Batem à porta.

— Mamãe, que horas vai sair a comida? Estou com fome.

— Daqui a pouco — responde ela, seca e breve.

No mesmo instante, batem de novo na porta.

— Você está bem? — pergunta o marido. — Quer que eu olhe as tortas?

— Não. Já estou indo.

Sai do quarto com um cansaço e um mau humor daqueles que lhe dão muita culpa. Ai! A culpa que experimenta por estar de mau humor diante do cínico do seu filho e do esnobe do seu marido. Para se acalmar, vai pôr uma música e avisa:

— Vou pôr uma música e quero ouvir, então vamos tentar não gritar, pode ser? Quero ter um jantar tranquilo.

As crianças devem esperar para comer porque as tortas estão muito quentes. Nem mesmo soprando cada mordida eles conseguem mastigá-las. O marido, por causa disso, faz uma tempestade num copo d'água.

— Você devia ter imaginado que a torta estaria muito quente ou devia ter cortado antes, assim esfriava. Agora as crianças têm que esperar e estão morrendo de fome.

Os mosquitos comem só as pernas dela. Nem o menino, nem a prima, nem o marido parecem perceber os mosquitos, mas ela está sendo devorada. Dá tapas nas pernas, paft, paft, não para de fazer isso para afugentar os mosquitos. Ela serve a limonada e o menino reclama que está azeda. A menina tem pena da tia e diz que está muito gostosa, que nunca tinha tomado limonada com hortelã e que adorou. A atriz sorri para não chorar.

— Vou responder uns e-mails — diz ela.

E os deixa sozinhos com seus mimimis e suas reclamações. Ao entrar na sala, fecha a porta de vidro que separa a varanda do resto da casa e os deixa trancados do lado de fora. Que prazer ela experimenta então em não ouvir o que eles dizem. Vai ao banheiro para pegar repelente de mosquitos e se esfrega inteira com aquela pasta amarga, também para repelir o marido em caso de urgências noturnas. O que é muito provável, já que ele passou um fim de semana inteiro sem se encontrar com sua biba venezuelana. Com aquele viadinho.

Ela encontra no seu celular pelo menos trinta ligações perdidas do seu pai e muitas mensagens de voz, além de chamadas também do irmão.

Ela telefona para o pai e o encontra chorando do outro lado. Tem dificuldade de falar. Só consegue dizer:

— Sua mãe, sua mãe, filha. — Engole em seco. Ela tenta acalmar o pai para saber o que aconteceu.

— Sua mãe teve um AVC.

— Onde ela está?

— Estamos no hospital aqui da vila.

A atriz desliga e olha para fora, em direção à varanda. O mundo continua. A noite é a noite. A cidade não perdeu uma única luz, nem um único segredo, nem um pingo de esplendor se foi ainda. O mundo continua seco, as pessoas morrem de fome, as travestis a julgam. As crianças brincam com a comida, o marido finge ser o melhor pai do mundo.

Ela não sabe como reagir. A notícia ainda não chegou à região do corpo onde deveria doer. É apenas uma confusão, como depois de um golpe inesperado, como quando acaba a luz.

Como quando a atacaram no rio.

Métodos para um luto

Já na casa da sua mãe, toda aquela família destroçada se reencontra como daquela vez que ela quase foi estuprada e morta. Voltaram para o vilarejo naquela mesma noite, quase com a mesma roupa que estavam vestindo, apenas algumas coisas que ela conseguiu pegar, documentos, chaves, casacos para as crianças. O marido percebe que a atriz se fechou em si mesma, qualquer aproximação é inútil. Ela está muda ao lado dele no carro, fica muda enquanto o médico explica o que aconteceu. Permanece muda quando o menino a procura para ser consolado. Muda diante do pai, que entre soluços de menino aponta sua parcela de culpa em tudo isso, que é natural que sua mãe morra dessa forma tendo uma filha assim, como ela. Aproveita a morte para jogar seu rancor na cara dela. A atriz não responde. Não diz uma palavra quando encontra o carpinteiro, o amante da sua mãe, a quem ela mesma avisou por telefone, certa de que ninguém o faria. Ele diz a ela o quanto lamenta e a abraça, põe seu corpo forjado entre as madeiras bem junto ao dela.

— Retire-se, por favor, é um assunto de família este aqui — diz o pai.

E como se não bastasse, o advogado, também tomado pelo ciúme, provoca:

— Exatamente, um assunto de família.

O carpinteiro se retira gentilmente, humilde, depois de abraçá-la outra vez. Então chega a hora de ficar em silêncio diante do escândalo da cunhada, que chora como se fosse sua mãe que tivesse morrido. Vem com o rosto banhado em lágrimas, o nariz escorrendo, e a abraça com uma força desmedida. Pega a filha pela mão e a puxa em direção a ela desajeitadamente, bruscamente. O irmão se aproxima e diz *minhas mais profundas condolências*. Ela não só fica em silêncio, como também contém o acesso de riso que o comentário provoca.

Com a mãe, ela sempre ria nos velórios, tinham que ir embora por causa dos ataques de riso que as acometiam.

O pai está desolado. O menino chora no colo do marido. Então ela dá um basta. Ela os abandona. Não quer falar sobre a logística da morte, não quer discutir se será velada ou não, enterrada ou cremada ou onde suas cinzas serão jogadas. Sai pela porta sem saber para onde ir, mas vai direto para a oficina, abre a porta sem bater e encontra o carpinteiro diante de uma garrafa de cerveja, nu, com o olhar perdido. Ela se abaixa, pega o pau dele nas mãos e começa a chupá-lo até que ele fica duro e vermelho. Não para até sentir todo o sêmen jorrar contra seu palato.

Epílogo

O estúdio de gravação é abafado. Há muita luz para disfarçar as rugas no rosto da apresentadora. Uma enorme tela de três metros de altura por seis metros de comprimento tinge o espaço de vermelho. Um cabelo muito loiro, como de albina, cega ainda mais. As más línguas dizem que ela faz suas perucas com cabelo de albinas. Uma poltrona dos irmãos Campana contrasta com a mesa de centro comum com a qual tentaram dar uma aparência de sala de estar ao cenário. Não dá para tirar aquela pátina de mau gosto que os anos 90 deixaram na televisão do país. A atriz fumou um baseado inteiro antes da entrevista e cheirou algumas carreiras de cocaína. Também bebeu de um gole só um cantil de uísque escocês do marido. Está usando um vestido rosa antigo, o decote é provocante, sapatos amarelos que ela calça para irritar os supersticiosos. Está com o cabelo batido, como uma atriz dos anos 1960, uma Bond girl.

A voz humana, Tina Turner, Whitney Houston, sildenafila. Tudo isso salvou meu casamento, menos a mim.

* * *

A apresentadora não a entende, é evidente que esperava outra coisa dela, talvez outro tipo de humor. Está desconcertada. A entrevista é um grande *falar outro idioma*, sem um único acerto.

O vestido de cetim da atriz tem uma mancha de café no peito.

— Vou esclarecer algo pra vocês relaxarem — diz a atriz olhando para a câmera, com os olhos avermelhados. — Sim, manchei meu vestido de café.

— E você não tinha outro pra vestir? — A apresentadora franze o cenho, muito nervosa.

— Sim, mas eu queria usar este.

Uma raposinha avermelhada olha para ela por entre as pernas de um câmera que não consegue parar de comer seu decote com os olhos. A atriz a descobre no estúdio de televisão, entre tantas pessoas. Como ela passou despercebida e chegou até ali? O telão reproduz imagens gravadas de A *voz humana*. A atriz olha para a tela, sente um gosto estranho na boca, como se sua gengiva estivesse sangrando. Depois, um cheiro, o mesmo cheiro do xixi do filho, e quando ela se vira para procurar a raposinha já não está mais lá.

A apresentadora fica séria quando pergunta sobre o filho. A atriz se emociona ao falar dele.

— Ele desenha e pinta muito bem. E aprendeu muitas coisas de repente. Mas não se deve forçar o óbvio, eu acho, não podem me forçar a ser cafona.

Ela havia sido clara:

— Não quero falar sobre a saúde do meu filho.

— Por quê? Você não acha que poderia ajudar outras pessoas? — respondeu a produtora insistente e rude que telefonou para convidá-la ao programa.

— Não sei, mas não é minha responsabilidade.

Foi uma celeuma na produção, ninguém nunca tinha tido essa coragem. Ninguém nunca tinha imposto condições para ir ao programa. Os entrevistados iam conversar sobre o que a apresentadora queria. Mas a atriz não. A entrevista pouco importava para ela. Os mais interessados eram o diretor e seu agente.

A conversa vai e vem pelo caminho dos lugares-comuns. O pior dos caminhos, há que se dizer.

— Como se sobrevive a um estupro?

— Você nunca foi estuprada?

— Bem, não estamos falando de mim. Eu sou a entrevistadora, as pessoas não querem saber nada sobre mim.

— Claro. As pessoas sabem... Mas por que você acha que eles querem saber isso sobre mim?

— Você é tão forte, você tem tanta força.

— Mas eles estupraram todas nós! Não restou nenhuma sem violar. Não sou nada especial.

São apenas alguns segundos de silêncio. Mas é a primeira vez que a apresentadora não tem nada a dizer.

— Por que não temos a sorte de te ver mais no cinema?

— Porque eu odeio cinema. Odeio estar a serviço de uma câmera. Odeio estar a serviço de um holofote. Aprendi a atuar com Paco Giménez, fiz xixi no palco. Cinema significa pagar uma entrada, estar rodeada de silêncio, com um som muito bom...

Faz uma pausa, apenas o instante de silêncio que a televisão pode permitir, e acrescenta:

— Não significa atuar. Além disso, as atrizes de cinema são muito pobres...

— E nem se fale nas atrizes de teatro. Você é uma exceção.

Risos. A apresentadora ri nervosa e uma das suas pálpebras treme, fora de controle.

— A produção tem uma surpresa pra você. Espero que goste.

O marido entra no estúdio com o filho pela mão. Seu marido é mais bonito do que todos os galãs com quem ela trabalhou até hoje.

— Eu te amo, na mente e no coração. Nós te amamos — diz o marido ao abraçá-la. Ninguém ouve, só ela.

Por trás das câmeras, as pessoas aplaudem.

Agora não adianta se defender. Não adianta lembrar que era preciso muito menos que isso.

O filho aparece por trás do pai, jogando-lhe beijos.

Que tipo de cafonice é essa? Como o advogado, com quem ela compartilha seu desprezo pela forma como os outros amam e dizem amar, ousa fazer algo assim num dos programas de entrevista mais assistidos da América Latina? Como pode expor seu filho aos haters, aos comentários nas redes sociais e na mídia, onde diriam que pela primeira vez viram seu filho soropositivo adotado?

Você não ouve seu filho te chamando? Você não sabe que seu filho está com febre? Por que você vai dormir nessa poltrona em vez de dormir comigo? Por que você chegou a essa hora do ensaio? Por que você tem que fazer uma viagem justo quando eu tenho esse caso? Quem te deixou fazer aquela cena? Você estava discutindo de novo? São as perguntas que se escutam há anos na minha casa.

Oito milhões de latino-americanos estão assistindo ao programa ao vivo neste exato momento. Para vê-la, para ter algo a dizer depois.

A atriz observa a apresentadora. Busca cumplicidade com as pessoas por trás das câmeras. Sorri. Recupera o controle de si mesma e começa a falar sobre o que foi falar. Sobre *A voz humana*, de Jean Cocteau. Sobre a morte da sua mãe, como que de passagem. O marido não solta sua mão, ela não entende por que ele a segura assim. Mas, acima de tudo, ela fala de si mesma. Ela disse tantos *nãos* durante a entrevista, tantas vezes foi contra a papisa da televisão, que tem medo do que possam estar dizendo dela nas redes sociais, justo naquele momento.

O irmão, o pai, gritando em frente à TV: *Pra que ela foi, se não vai ser educada?!*

É a primeira vez que essa mulher a entrevista. Ela se recusa há anos. Mas lá está, sem saber por quê. Dirão: espirituosa, espontânea, arrogante. Sua mãe teria dito: adorável. A atriz sabe disso. A única cúmplice de todo esse assunto teria sido sua mãe, já morta, transformada em cinzas, numa caixa de madeira na casa que foi sua.

Não era tão necessário vir. Ela não sabe fazer perguntas. Por que me expus?

Pelo dinheiro, alguém lhe responde do seu próprio inferno.

Ali, no estúdio, enquanto recebe o falatório da apresentadora que a provoca com sua agressividade sorridente, o filho aperta sua mão enchendo-a de uma mornidão que a repugna. O marido sorri, posa para a câmera, faz-se amar pelos telespectadores com aquele perfil e aqueles olhos de névoa. E ela reconhece: é verdade que não soube romper as correntes de nenhuma escravidão, que não soube incendiar nenhum deus. Também é verdade que escolheu o silêncio dentre todos os privilégios que conquistou com avidez, mesmo traindo uma experiência como a sua. No entanto, está longe de ser culpada. Sabe que há atrizes que se suicidaram, que acabaram lobotomizadas como Frances Farmer. Sabe que há atrizes esquecidas, internadas em hospitais psiquiátricos ou afundadas na miséria. Sabe que a estupidez nunca é gratuita. Que a vida, a dor e a felicidade não são tão importantes. Que há histórias melhores. Melhores papéis a interpretar. Não o da mãe que suporta a mão úmida do filho apertando-a, acorrentando-a à ternura. Não o de uma travesti casada com um cara que a entedia e sufoca tentando domesticá-la. Ela fez seu show com amabilidade e as luzes se apagaram. Só resta sua abulia, que se escuta tal como os aplausos aos quais se habituou, um rumor distante. Não se julga, como sempre fez com o rigor de quem concorre a um troféu de nada.

A entrevista termina. Ela não entende por que a aplaudem tanto. O marido murmura algo que ela não ouve. Seu nariz começa a sangrar.

Quando sai do estúdio, o marido e o filho a seguem, caçando-a.

A produtora do programa vem até ela e a abraça.

— A entrevista ficou divina. Você se sentiu confortável?

A atriz a afasta com um gesto pouco cortês e desce pelos corredores de volta ao camarim, tateando as paredes. Ganha velocidade, apesar da agonia para abandonar sua família. As pernas, o coração, seu travestismo, sua família, tudo pesa então como nunca lhe pesara. E ser órfã também.

Ela chora e sangra, pois não pode fazer nada além disso. Parece um animal que deixa rastros de sangue sobre os tapetes cafonas do canal. O vestido, as joias, os sapatos, o cabelo batido como uma Bond girl, tudo empapado de sangue.

A atriz, no camarim, sofre sem conseguir conter a hemorragia. Do lado de fora, outros produtores batem insistentemente à porta, e também sua assistente, a travesti que é um amor, com o sangue no pescoço. Os gritos já não se ouvem. São substituídos por um gemido, uma modulação nos microfones. Ela não sabe quem é, e pela primeira vez em muito tempo experimenta algo parecido com a paz.

Está coberta de sangue e tudo fica vermelho. Uma cegueira vermelha.

Pagou até o último gesto da sua vida. As paixões pelas quais adoeceu, as estrias que deixou na vida de quem a amou. Pagou por cada vitória. Cada momento de alegria. O cheiro do seu filho. O corpo do marido rendido de amor. A frivolidade dos últimos anos. Quanta tranquilidade sente quando se lembra de que não tem dívidas. É uma questão de economia ir embora sem dever nada a ninguém.

Não se pode morrer com elegância neste país.

ESTA OBRA FOI COMPOSTA POR BR75 EM ELECTRA E IMPRESSA EM OFSETE PELA LIS GRÁFICA SOBRE PAPEL PÓLEN NATURAL DA SUZANO S.A. PARA A EDITORA SCHWARCZ EM MAIO DE 2024.

A marca FSC® é a garantia de que a madeira utilizada na fabricação do papel deste livro provém de florestas que foram gerenciadas de maneira ambientalmente correta, socialmente justa e economicamente viável, além de outras fontes de origem controlada.